唐代诗选
大唐文化的奇葩

赖芳伶 ——— 编撰

九州出版社
JIUZHOUPRESS

图书在版编目（CIP）数据

唐代诗选：大唐文化的奇葩 / 赖芳伶编著. -- 北京：九州出版社，2018.12

ISBN 978-7-5108-7819-0

Ⅰ．①唐… Ⅱ．①赖… Ⅲ．①唐诗－文学研究 Ⅳ．①I207.22

中国版本图书馆CIP数据核字(2019)第004181号

唐代诗选：大唐文化的奇葩

作　　者	赖芳伶
责任编辑	张艳玲
出版发行	九州出版社
地　　址	北京市西城区阜外大街甲 35 号（100037）
发行电话	(010)68992190/3/5/6
网　　址	www.jiuzhoupress.com
电子信箱	jiuzhou@jiuzhoupress.com
印　　刷	三河市兴博印务有限公司
开　　本	787 毫米 ×1092 毫米　32 开
印　　张	9.25
字　　数	180 千字
版　　次	2019 年 11 月第 1 版
印　　次	2019 年 11 月第 1 次印刷
书　　号	ISBN 978-7-5108-7819-0
定　　价	50.00 元

用经典滋养灵魂

龚鹏程

每个民族都有它自己的经典。经，指其所载之内容足以做为后世的纲维；典，谓其可为典范。因此它常被视为一切知识、价值观、世界观的依据或来源。早期只典守在神巫和大僚手上，后来则成为该民族累世传习、讽诵不辍的基本典籍。或称核心典籍，甚至是"圣书"。

佛经、圣经、古兰经等都是如此，中国也不例外。文化总体上的经典是六经：《诗》《书》《礼》《乐》《易》《春秋》。依此而发展出来的各个学门或学派，另有其专业上的经典，如墨家有其《墨经》。老子后学也将其书视为经，战国时便开始有人替它作传、作解。兵家则有其《武经七书》。算家亦有《周髀算经》等所谓《算经十书》。流衍所及，竟至喝酒有《酒经》，饮茶有《茶经》，下棋有《弈经》，相鹤相马相牛亦皆有经。此类支流稗末，固然不能与六经相比肩，但它各自代表了在它那一个领域中的核心知识地位，却是很显然的。

我国历代教育和社会文化，就是以六经为基础来发展的。直到清末废科举、立学堂以后才产生剧变。但当时新设的学堂虽仿洋制，却仍保留了读经课程，以示根本未隳。辛亥革命后，蔡元培担任教育总长才开始废除读经。接着，他主持北京大学时出现的"新文化运动"更进一步发起对传统文化的攻击。趋势竟由废弃文言，提倡白话文学，一直走到深入的反传统中去。论调越来越激烈，行动越来越鲁莽。

台湾的教育、政治发展和社会文化意识，其实也一直以延续五四精神自居，以自由、民主、科学为号召。故其反传统气氛，及其体现于教育结构中者，与当时大陆不过程度略异而已，仅是社会中还遗存着若干传统社会的礼俗及观念罢了。后来，台湾朝野才惕然憬醒，开始提倡"文化复兴运动"，在学校课程中增加了经典的内容。但不叫读经，乃是摘选《四书》为《中国文化基本教材》，以为补充。另成立文化复兴委员会，开始做经典的白话注释，向社会推广。

文化复兴运动之功过，诚乎难言，此处也不必细说，总之是虽调整了西化的方向及反传统的势能，但对社会普遍民众的文化意识，还没能起到警醒的作用；了解传统、阅读经典，也还没成为风气或行动。

二十世纪七十年代后期，高信疆、柯元馨夫妇接掌了当时台湾第一大报中国时报的副刊与出版社编务，针对这个现象，遂策划了《中国历代经典宝库》这一大套书。精选影响国人最为深远的典籍，包括了六经及诸子、文艺各领域的经典，遍邀名家为之疏解，并附录原文以供参照，一时朝野震动，风气丕变。

其所以震动社会，原因一是典籍选得精切。不蔓不枝，能体现传统文化的基本匡廓。二是体例确实。经典篇幅广狭不一、深浅悬隔，如《资治通鉴》那么庞大，《尚书》那么深奥，它们跟小说戏曲是截然不同的。如何在一套书里，用类似的体例来处理，很可以看出编辑人的功力。三是作者群涵盖了几乎全台湾的学术菁英，群策群力，全面动员。这也是过去所没有的。四，编审严格。大部丛书，作者庞杂，集稿统稿就十分重要，否则便会出现良莠不齐之现象。这套书虽广征名家撰作，但在审定正讹、统一文字风格方面，确乎花了极大气力。再加上撰稿人都把这套书当成是写给自己子弟看的传家宝，写得特别矜慎，成绩当然非其他的书所能比。五，当时高信疆夫妇利用报社传播之便，将出版与报纸媒体做了最好、最彻底的结合，使得这套书成了家喻户晓、众所翘盼的文化甘霖，人人都想一沾法雨。六，当时出版采用豪华的小牛皮烫金装帧，精美大方，辅以雕花木柜。虽所费不赀，却是经济刚刚腾飞时一个中产家庭最好的文化陈设，书香家庭的想象，由此开始落实。许多家庭乃因买进这套书，而仿佛种下了诗礼传家的根。

高先生综理编务，辅佐实际的是周安托兄。两君都是诗人，且侠情肝胆照人。中华文化复起、国魂再振、民气方舒，则是他们的理想，因此编这套书，似乎就是一场织梦之旅，号称传承经典，实则意拟宏开未来。

我很幸运，也曾参与到这一场歌唱青春的行列中，去贡献微末。先是与林明峪共同参与黄庆萱老师改写《西游记》的工作，继而再协助安托统稿，推敲是非、斟酌文辞。对整套书说不上有什么助益，自己倒是收获良多。

书成之后，好评如潮，数十年来一再改版翻印，直到现在。经典常读常新，当时对经典的现代解读目前也仍未过时，依旧在散光发热，滋养民族新一代的灵魂。只不过光阴毕竟可畏，安托与信疆俱已逝去，来不及看到他们播下的种子继续发芽生长了。

当年参与这套书的人很多，我仅是其中一员小将。聊述战场，回思天宝，所见不过如此，其实说不清楚它的实况。但这个小侧写，或许有助于今日阅读这套书的大陆青年理解该书的价值与出版经纬，是为序。

缤纷飘落的诗语

赖芳伶

唐诗给人的直觉总是那么斑斓而缤纷，广阔而深远，也难怪它在中国古典文学的天地里，占着那么大的一个位子，常常刺痛着、喜悦着、慰抚着无数颗被现实啃啮得满是创痕的心灵。它不仅是了唐人智慧的结晶，更跨越了无可计数的时空距离，崭露出人类普遍存在的内在挣扎问题，吟咏出对生命的热望与忧伤、对爱情的迷恋与哀愁以及对国事家事天下事的关注与投赴，它所成就的不只是唐朝历史与文化的精神浮雕。

唐诗的作者众多，内容丰富，风格多彩多姿。清朝康熙年间敕编的《全唐诗》，共九百卷，其中包括作者两千二百余位，作品四万八千九百余首。如果唐代不能算是中国古典诗歌的黄金时代，什么才算呢？由于唐诗的繁富，历来的选本很多，它们各有各的精华所在，不过，最为大家所熟悉的（也是最通俗化的），就是清人蘅塘退士所选的《唐诗三百首》了。他的眼光很不错，能够入选的几乎全属杰作，然而，也有出色的作品未能蒙他青睐，比方李贺的作品就是。

而我们这本书所做的工作，第一步（上篇）是给唐代的诗歌来一个整体的介绍，也等于是浓缩了唐代诗歌史的渊源、发展和式微。这当中我们提到许多较突出的诗人，配合唐诗的起落兴衰作概略的说明。第二步（下篇）就是各家名作赏析的部分，也是这本书的重心所在。先是交代作者的生平与时代环境，接着才找出代表性的作品，附上"语译"及"赏析"。

我们必须说明的是，"代表作"事实上很难有确切的定义。大体上还是重视它的"通俗性"，换句话说，我们尽量选择大家比较熟知的作品，必要时再在文末附录参考的资料。语译方面也尽量维护诗的原意，有不足的地方就留到赏析里再补充。所以，有大多数的名作跟《唐诗三百首》所选的一样，另有小部分则是从这些诗人的专集里找出来的，难字也加上注音。

这里所选的诗人共二十九家，诗作共六十九首（另有附录的诗选），遗珠之憾是一定有的。我们很希望这本书能成为您欣赏唐诗时，一盏引路的小小明灯，没有灯的路上，或灯光不及的地方，就请您以有灯时的经验和感受，再继续去寻索唐诗广浩幽深的世界吧！

目　录

上篇

唐诗总论

锦绣缤纷话唐诗

唐代的诗歌，以非凡的灵姿异彩，在中国古典文学的园地里，绽放出最耐人寻味的芳醇与隽永，凝固成中国人永恒的文化心声。它不仅仅是唐人的血泪与骄傲，也是全中国人的血泪与骄傲。

唐诗的兴起并不是偶然的文学奇迹，它犹如百川汇海、水到渠成，又像是早有的无数种子埋进泥土，经过长时间的酝酿，只等待一个最合适的时刻到来，便要纷纷突破地壳，以无比的璀璨缤纷迎向暖阳。我们现在就先来谈谈，到底是怎样的日光、空气和水，使得泥土里一颗颗的种子，成为一朵朵华彩可人的奇葩的。

东汉末年有黄巾之乱，天下陷入分崩离析的状态，接着曹丕篡汉、三国鼎立，而后进入两晋南北朝，一直到隋代的统一，这当中的三百年（220—581）可以说是胡汉纷争与融合的历史。后来天下大权落入李渊手中，建立了自秦、汉以来最强盛的唐帝国，大约持续了三百年的王朝岁月（618—907）。

这个融合着胡汉血统的新兴帝国，在最初的四十年里，国势真是大，政治的稳定与经济的繁荣，促进了精神与物质文化的高度发展。不过，这几乎是所有艺术创作的共同基础，而我们要讲的唐诗，除了这个基本的条件以外，还有下面的几个因素：

第一个就是科举制度，由于它才使得许多出身贫寒的读书人有了跻身政治活动的机会，也才有可能实现儒家传统的"学而优则仕"的入世理想。唐室本身是杂有胡人血统的统治阶级，取得天下后极想拉拢寒士阶层，以巩固自己新得的权位，进而打击六朝以来，在社会政治上盘根已久的旧贵族势力。寒士们经过长期的努力奋斗，也已经成为社会上一股不可忽视的力量，他们可圈可点的实际作为，使唐皇室不得不刮目相看。基于此种情势，统治者顺水推舟，以考试制度拔擢新的人才晋用，多少可以平衡一向被豪门世族所垄断的政治权势。而"诗赋"，就是当时考试的主要科目之一，天下的才俊多要以此作为晋身的途径，当然就会很卖力去研习，文学里的诗歌受到功名的引诱，也就特别活跃起来了。

第二个就是帝王们的爱好与提倡。唐代的帝王，大部分文学细胞都很丰富，从高祖到太宗都在各地广设学校，更于京城设置规模宏大的"弘文馆""崇文馆"，俨然是一处国际性的文化学术重心。许多当时的友邦，像日本、高丽、百济、新罗等都相继派遣大批留学生到中国来学习。这种文化学术（兼及贸易）的交流，使得大家的眼界与心胸都为之拓展。吸收融会的能力加强了，创造力也增进了，这必然促进文学艺术的蓬勃发展。

还有，帝王既然喜好文学，就会诏令杰出的文人来为他们歌功颂德、粉饰时代的升平，好比玄宗曾召李白入宫写下极有名的《清平调词三章》、宪宗召白居易为翰林学士、穆宗提拔元稹为祠部郎中……种种的恩宠荣耀无形中给年轻的读书人一个榜范，总希望吟诗作文，有朝一日跃登龙门，那可真是备极殊荣了。"上有好者，下必甚焉"岂不是很有道理吗？

第三个是诗歌本身的发展。我们知道，诗歌经历了东汉建安时代的创作，五言诗已经宣告成熟，即使七言诗的写作也不再是陌生的了。像七言古诗、绝句及律诗，经过六朝长时间的酝酿，一旦步入唐代，那是一定要开花结果的。本来，唐朝以前的诗歌，除一般民间歌谣和古诗十九首等等少数作品以外，几乎全属于贵族文人的作品，他们多致力于辞藻及声律美的追求，所吟咏的对象也不出其富贵生活的范围，所宣舒的也常常是个人去就的情怀而已，很难引起广大读者的共鸣。不过，当然也有为数甚少的诗人，像陶渊明、谢灵运、庾信……他们的诗歌是不能以上述的标准率尔否定的。

有唐一代的诗歌，一方面承袭六朝诗人们所创造的格律，汲取了他们作品中的精华，同时醒觉了六朝诗歌的缺点。虽然初唐的诗歌仍不免于歌功颂德的恶习，但是为时不久，诗歌就逐渐回到平民出身的诗人们手里（这点要配合前述的第一个因素来了解），像高适、岑参、王昌龄、李白、杜甫、张籍、元稹、白居易……都是真正从贫寒中挣扎、奋斗出来的。他们的阶层使他们切身体验到什么才是人间真正的疾苦？由于人类同胞爱的激发，他们诗歌的内容也就逐渐突越了个人荣辱的局限，他们所要表达的就指向普遍大众的心声。这么一来，诗歌的社会基础不仅扩大，也加深了。作者群的层面广泛起来，作品的数量也更多；相对的，由于有竞争性，质的要求也就提高，最重要的是，读者群再也不光是那一批养尊处优的豪门显要和少数操生杀大权的王族贵胄了。大部分的人都了解到诗歌并不是某部分人的专利，它可以传达人类普遍存在的诸般情感，反映时代社会里民生的兴荣与哀苦。诗歌走入唐代后，成了唐朝的时代精神，也成为唐朝文化最丰饶、最细致的表现。

讲到这里，我们大致上已经明白：唐代的诗歌是六朝诗歌的延续，是前代旧文学的大融汇。但是，不论就它的内容、风格或形式来看，它都有比以前更了不起的卓越成就。论内容，诗歌包括得很广，有哲理玄思的，有倾诉出世渴望的，有控诉战争的，有歌颂爱情的，有批评社会风尚的，有讽喻时政的，有吟咏史实寄慨兴悲的，有代传群众心声的，有思乡念国的，有歌咏田园山水的……论风格，有豪宕奔放的笔调，有纤柔宛曲的文风，有雄浑悲壮的特色，有呕心苦吟的推敲，有天马行空的爽利，有奇诡幽丽的经营……论形式，唐诗一方面把以前旧有的五古、七古表现得更完整、更熟练，一方面完成了五绝、七绝、五律、七律的所谓"近体诗"，又有从乐府直接发展变化而来的"歌行"，以及脱离旧乐府而产生的"新乐府"。唐代的诗歌真是多彩多姿，令人目不暇接，的确是中国古典文学中的一大瑰宝，它所散射出来的光芒，是足以使其他时代的诗坛黯然失色的。

从唐诗发展的历史背景和它本身气象的变化过程来看，一般人习惯接纳元朝杨士弘（一作"宏"）《唐音》的观点，把唐诗分为"初唐"（自高祖武德元年至睿宗太极元年，618—712）、"盛唐"（自玄宗开元元年至代宗永泰元年，713—765）、"中唐"（自代宗大历元年至文宗太和九年，766—835）、"晚唐"（自文宗开成元年至昭宣帝天祐三年，836—906）四个时期。这样的分法的确有它方便的地方，好比一年四季的春、夏、秋、冬一样，点出了唐诗的兴衰起落。不过，如此的划分只是就大体上而言，因为每一阶段之间的界线很难确定是哪一个年代，诗人们的生平也不一定能恰好归入某个时期，而且，他们的作品，更不能勉强划定为某一时期内的某一种类型。所以，这样的划分，主要的目的是使我们对唐诗的成长过程，有一个比较明晰的概念，而不是因此造成不必要的固执与拘泥。

还有，关于唐代诗人们的风格，大家通常喜欢把他们分为自然诗派、边塞诗派、社会写实派、奇险僻苦派、华美艳情派……这也是大致上的分法，我们只能说某某诗人比较擅长哪类诗歌，不能说别种风味的诗他就写不来或没有。所以，诗歌流别的归类也只能当成附带的参考，不必把它当成一个模子，非要把某位诗人及作品硬套进去不可。

接下来，我们就依据上述的认识，把唐代的诗歌尽可能深入浅出地加以介绍：

一、初唐——大约从唐高祖武德初，到玄宗开元初的一百年间。这个阶段主要的贡献是，酝酿和形成各种新的诗歌形式——律诗和绝句，但仍属于试验的阶段，有关诗的理论也还未完备。再者，就是除了像王绩、陈子昂等极少数的特出作家，许多诗人仍不免追踪齐梁以来柔靡、浮艳的宫体诗风。这个时期的代表作家，有所谓的"初唐四杰""沈宋"与"文章四友"。

"初唐四杰"指的是王勃、杨炯、卢照邻、骆宾王。他们的诗虽仍沾染着六朝遗留下来的靡丽气习，但已见风骨，并相当致力于诗体的变革，沈佺期、宋之问能够完成律体，"四杰"的功劳不小。如王勃的一首名作——《送杜少府之任蜀州》：

城阙辅三秦，风烟望五津。
与君离别意，同是宦游人。

海内存知己，天涯若比邻。

无为在歧路，儿女共沾巾。

很明显地可以看出来，不论是思想、感情的表现，或是技巧声律的讲求，都较以前开拓许多，开始有了唐诗自己本身独特的雏形。再拿与武则天坚决对立的亡命诗人骆宾王的《在狱咏蝉》为例：

西陆蝉声唱，南冠客思侵。

那堪玄鬓影，来对白头吟！

露重飞难进，风多响易沉。

无人信高洁，谁为表予心？

像这样的作品已经能够使诗人个人现实生活的经验，融入艺术的创作领域，开始步入宫廷以外的广阔天地，约略初试盛唐诗的啼声了。

自号"幽忧子"的卢照邻，最拿手的是七言歌行，像《长安古意》里头的名句："得成比目何辞死，愿作鸳鸯不羡仙"，多少还带有宫体诗的味道。七言歌行虽然早有曹丕、鲍照倡作于前，但经由卢照邻的承续，更引发往后盛唐诗人大规模的吟作。

至于杨炯，他也有不错的作品，像《从军行》有一种极活跃的格调。他不太满意当时"王、杨、卢、骆"的称呼，曾说："吾愧在卢前，耻居王后。"想来他真正的意思是下半句。他的作品多半是五古、五律，多少也对近体诗形式的奠定尽了些力气。

沈佺期和宋之问是武则天时代有名的宫廷诗人，他们的作品在律诗格律的推动上极具分量。沈佺期有两首描写战乱下苦难人民的心声的作品，实开边塞闺怨诗的先声，现在引录于下：

闻道黄龙戍，频年不解兵。

可怜闺里月，长在汉家营。

少妇今春意，良人昨夜情。

谁能将旗鼓？一为取龙城。

——《杂诗》

卢家少妇郁金堂，海燕双栖玳瑁梁。

九月寒砧催木叶，十年征戍忆辽阳。

白狼河北音书断，丹凤城南秋夜长。

谁谓含愁独不见，更教明月照流黄。

——《古意呈补阙乔知之》

宋之问的《题大庾岭北驿》以五律的格式写尽思乡的情愁，也是可圈可点，我们不能随便就认为它没什么文学价值，下面就让我们来看看它——

阳月南飞雁，传闻至此回。

我行殊未已，何日复归来？

江静潮初落，林昏瘴不开。

明朝望乡处，应见陇头梅。

"文章四友"与沈、宋同时，是指苏味道、李峤、崔融、杜审言。他们一方面承袭六朝华丽诗风，一方面成为沈、宋律诗运动主要的推动人。虽然就艺术的观点来看，这些人的作品还没有很圆熟，但我们知道，如果没有经过这个阶段的突破，唐诗就不可能有后来的气象万千。"四友"中的杜审言是杜甫的祖父，杜甫颇以他为荣，显然以他为学习的对象。像杜审言有"绾雾青条弱，牵风紫蔓长"和"寄语洛城风日道，明年春色倍还人"的诗句，而杜甫则有"林花著雨胭脂湿，水荇牵风翠带长"和"传语风光共流转，暂时相赏莫相违"的诗句，由小见大，初唐诗其实也是盛唐诗的先驱。杜甫对"四杰"等人的推进律诗格式极推崇，他说：

> 王杨卢骆当时体，轻薄为文哂未休。
> 尔曹身与名俱灭，不废江河万古流。

初唐时还有一位陈子昂，他是这期间极力反对六朝柔靡诗风的第一人，以为诗歌应该直追汉魏，要有凛然的风骨、独到的兴寄。他不仅提出这样的主张，更以实际的创作来实践。他那有名的《感遇诗》三十八首，一洗宫体诗的华艳，充分表现出像建安时代慷慨高歌的情调，摆脱了沈、宋律诗的影响。他的诗歌内容有咏史寄慨的，有评论时事的，可惜为数不多，没有立即在当时造成影响，不过，倒也成为后来盛唐诗歌的一股伏流。

此外，这期间值得一提的诗人还有王绩，他很倾慕陶渊明，又性喜读《易》《老》《庄》，写出来的诗颇富田园风味，诗中恬静的境界似乎也给后来的王维若干启发。他有一首名为《野望》的诗，里头的名句"树树皆秋色，山山唯落晖"很可以体现他作品的特色。

总之，齐、梁以来的诗歌到了"初唐四杰"的手上，格式趋向严整，完成了五言律诗。接着沈佺期、宋之问等人草创推敲，七律又告完成，而七律可以说是唐人自己的创作，所以当时称为近体诗。

二、盛唐——自玄宗开元初到代宗永泰初的五十余年间，是唐诗黄金时代的开始。这期间经过初唐的奠基，整个国家走入安定、繁荣的局面；但是，一方面也有频繁的内外战争（唐太宗曾经东征高丽、北灭突厥，高宗时吐蕃、回纥相继为患，玄宗时有石破天惊的安史之乱）、政治上的种种倾轧排挤，以及由于国际贸易的发达所造成的农村破产、人口流向都市，工商经济取代农村经济等等问题的产生。所以，盛唐时代的社会表面上看起来是繁荣的，但繁荣的背后，却也隐藏着多少民生凋敝的悲哀、征夫守战的疾苦、思妇望夫的情愁。生活在这种时代背景下的诗人，他们无疑得到了最丰富的写作素材，他们反映出来的情绪更是复杂多面，人生理想目标的诠释与追求，恐怕也有了极大的变动。他们表现在诗歌里的精神有的乐观进取，有的狂放浪漫，有的慷慨悲愤，有的闲适恬淡。就思想而论，有王维代表的佛教思想，有李白代表的道教思想，有杜甫代表的儒家思想，更有三种思想合流的，真是五光十色，风姿竞发。

举凡这时代里的一切，几乎都浓缩到诗歌的精华里去了。我们现在就大略鸟瞰一番吧——

唐朝隐逸的风气很盛，一方面是佛道出世精神的影响，一方面是读书人不想走科举的途径去博取功名，有意借隐遁山林造成清高的名声，等到有一天名气大起来了，自然有被举荐或征辟的机会。流风所及，自然景致与田园生活也就尽可以成为诗歌吟咏的素材了。从初唐王绩奔流而下的自然诗歌，到盛唐时，就由王维与孟浩然来承续。不过，即使被誉为"诗中有画，画中有诗"的自然诗人王维，他也有热衷功名、意气狂放的年少之作。后人推崇他的诗为"唐人五绝中神品"，他的名作太多了，名句更是俯拾即是。像"渡头余落日，墟里上孤烟""荒城临古渡，落日满秋山""倚杖柴门外，临风听暮蝉""大漠孤烟直，长河落日圆"……都是。关于他的名作，我们留待本书的下篇再细谈。

以五古、五律见长的"鹿门诗人"孟浩然（因他曾隐居于此），在自然诗的天地里虽然与王维齐名，并称"王孟"，但是运气与才情恐怕都要逊王维一筹。他的名作《春晓》和《过故人庄》，风靡古今，相信许多人都能倒背如流。

盛唐时，与王、孟所代表的自然诗歌能够平分秋色的另一种风味的诗歌，就是高适、岑参的"边塞诗"。我们知道，盛唐时玄宗常与吐蕃、突厥、契丹等征战不息，这样的时代背景，使得一些镇守边邑、辅佐戎幕的诗人有极深切的征行离别之情，衷心所感，发为吟咏，自然成为独树一帜的边塞诗了。边塞诗的特色是风格豪迈浪漫、充满异域情调，感情则往往粗中有细、刚里带柔。诗体多以七言歌行为主，六朝鲍照《拟行路难》等作品，到这时已经发展成唐人的新乐府，气象为之一新。许多豪宕奇傲的诗人，非常喜爱采用这种能够自由变动的歌行体裁。下面我们就举一些边塞诗来参看：

营州少年厌原野，狐裘蒙茸猎城下。
虏酒千钟不醉人，胡儿十岁能骑马。

——高适《营州歌》

……
战士军前半生死，美人帐下犹歌舞。
……
铁衣远戍辛勤久，玉箸应啼别离后。
少妇城南欲断肠，征人蓟北空回首。
……
君不见沙场征战苦，至今犹忆李将军。

——高适《燕歌行》

君不闻胡笳声最悲，紫髯绿眼胡人吹。
吹之一曲犹未了，愁煞楼兰征戍儿。
凉秋八月萧关道，北风吹断天山草。
昆仑山南月欲斜，胡人向月吹胡笳。
胡笳怨兮将送君，秦山遥望陇山云。
边城夜夜多愁梦，向月胡笳谁喜闻。

——岑参《胡笳歌送颜真卿赴河陇》

有一点我们不能忽略的是，盛唐边塞诗人虽以高适、岑参为代表，但其他的诗人也有写边塞诗写得极好的，像崔颢、李颀、王昌龄、王之涣……都是。

被称为"诗天子"的王昌龄擅长七言绝句，他的边塞诗多以绝句写成，像《出塞》《从军行》，比起长篇歌行别有一种风味。除边塞诗外，王昌龄也能写宫怨离情，最为大家所熟知的就是《芙蓉楼送辛渐》《长信秋词》。

盛唐的诗人很多，诗作更是丰富。大致上可以分为以上所谈过的王、孟自然诗系，高、岑边塞诗系，以及我们现在要谈的，也是最主要的李白和杜甫。

李白的思想基本上属于道家，反对一切人为的力量对自由的束缚，加上性情奇傲、才华横溢，入世后又承受太多的坎坷不幸，所以，他的诗篇经常充满着嘲弄传统礼教的调调，乍看浪漫乐观、狂放不羁，其实骨子里奔腾着悲慨辛酸的生命洪流。如果远溯李白诗歌的源流，那几乎是中国古典文学传统的集大成，他的灵魂太活敏，他的才情太纵横，他的想象太超绝，他的痛苦太尖锐，他的精神太浪漫，他诗歌的内涵太丰沛，千百年以下，大概很难有人能望其项背。初唐陈子昂独树一帜的复古清风，真正能承其余绪并远远超过其成就的，当数李白。他的古诗和绝句最拿手，想是与他志在复古（但不泥古）有关，有名的《古风》五十九首，就是这种见解下的具体实践。他写的乐府常常沿用六朝旧题，其实是五言、七言的古诗。至于绝句，更是不让王维、王昌龄。可是李白好像不喜欢作律诗，尤其是七律，这一点跟被誉为"七言律圣"的杜甫大不相同，大概是讨厌对偶声律的拘束吧？他的名作很多，我们在下篇里选了一些来欣赏，不过，要真正了解这位绝世的诗仙、旷代的天才，是应该拿他的专集来看才够的。

与李白并称为盛唐最出色的另一位诗人是杜甫，他诗歌最大的特色是综合并且提高扩大前人写诗的经验，创造出最富于写实色彩与最富于悲悯情怀、爱国思想的伟大诗篇。如果他诗歌的成就百分之四十是靠天才，那么剩下的百分之六十该由他超卓的功力和沉怆的生活历练来平分。他所以被称为"诗史""诗圣"，完全是以血泪得到的。如果李白是盛唐诗歌中的一团赤阳，光芒四射，那么，杜甫就是苍穹里的一轮皓月，清辉千里。常常有人喜欢比较他们，可是比来比去，到头来你都不得不承认他们不是人间凡品，而且，久而久之，浸润进去了，会发觉李白的浪漫狂热固然悸动人心，而杜甫的冷凝悲辛更教人情不能已。我们在下篇里会比较详尽地讨论到他和他的作品。

李白、杜甫的出现将盛唐的诗歌推向一个无可比拟的巅峰，往后中唐的诗坛仍然脱不开李杜的影响，但显然在诗的现实精神方面是被更注意了，技巧上也不断往前进步。

三、中唐——是指代宗大历初到文宗太和九年这六七十年间。有唐一代在开元、天宝盛世之时，其实已经埋下衰落的契机，等到安史之乱爆发，那不过是把先已潜伏着的火种引燃罢了。乱事平息后，许多已经出现的国家危机并没有因此消失。虽然唐室和异族间的冲突，表面上看去似乎是和缓下来，但是，藩镇的日益跋扈，宦官夺揽军权，士大夫们的沉迷党争，以及农村生产力的崩坏、民生无告的哀苦、社会秩序的动荡不安，都使得一度具有盖世光华的王朝，不得不一步一步走向风雨飘摇之中。因此，中唐的诗歌，有很多是在描写人民的苦难、社会的不安与困处于此种情境下知识分子极度苦闷的心声。

自然诗到了中唐，能够承王、孟余风的，应数韦应物和柳宗元。韦应物擅长写五言古诗，诗的内容意境显然都向陶渊明看齐，不过总有人以为他比不上陶渊明那种真正洞悉人事风波后的和宁。超凡入圣与超圣入凡本来就是有距离的，不是吗？

柳宗元的诗写景写得好极了，有极清新飘逸的风致，他的《江雪》和《渔翁》，简直不作第二人想，但是，在田园山水怡澹的另一面，他也是充满投荒逐臣的悲恸的。我们在下篇里将他两种风貌的诗都选来赏味。

杜甫以后，中唐的诗坛有所谓的"大历十才子"，指的是卢纶、吉中孚、韩翃、钱起、司空曙、苗发、崔峒、耿湋、夏侯审、李端；其中以卢纶、韩翃、钱起、李端四人的成就比较大。

自从杜甫开社会写实的诗风以来，有不少诗人跟着走这条路，这当中最有名的是张籍、元稹和白居易。贫病失意的张籍虽然向韩愈学习作文，但他的诗歌并没有效法韩愈的险怪作风，反而向杜甫看齐，努力以乐府歌行描写当时的社会现实，像《筑城词》《野老歌》充分暴露人民在力役和租税下的悲惨生活，等于是执政者的一面镜子。难得的是这些写实诗歌里头，有的是站在女子的立场，来写她们难以言宣的痛苦，像《离妇诗》中说的："有子未必荣，无子坐生悲。为人莫作女，作女实难为。"真令古今苦命女子同声一哭！再引一首脍炙人口的《征妇怨》来看：

九月匈奴杀边将，汉军全没辽水上。

万里无人收白骨，家家城下招魂葬。

妇人依倚子与夫，同居贫贱心亦舒。

夫死战场子在腹，妾身虽存如昼烛。

怎教人不为诗中深致的苦楚与绵缠的情思放怀一恸呢！

和张籍同时的王建，两人交情颇深，王建擅长乐府诗，是唐代极有名的宫体作家。

我们前面讲到杜甫相当致力于社会写实诗的创作，但并没有建立这方面的理论，到了元稹、白居易，则大力提倡"文章合为时而著，歌诗合为事而作"的主张，并且以具体的创作来实践这种理论，颇造成一股不容忽视的风潮。这与当时韩愈、孟郊、贾岛等人"为艺术而艺术"的作风，显然是背道而驰的。元白诗歌写实运动虽源自杜甫，但到了中唐则较诸以往更大放异彩，中唐的社会环境当然是此类诗歌最佳的温床。

元稹和白居易是很要好的朋友，他们的诗体，世人称为"元和体"。元稹的文才很高，可惜为了追求功名使他的人格有了若干的瑕疵。我们倒也不必因人废文废诗，元稹不但有传奇《莺莺传》的杰作，宫词和诗都非常出色，《连昌宫词》就是其中之一，当时宫廷里的嫔妃都很爱诵读他的诗，称他为"元才子"。折腾在功名的追求与自我价值肯定的夹缝中的知识分子，是很痛苦的，元稹自然也不例外。他其实也写了不少关怀社会民生的诗歌，好比《田家词》《织妇词》，极力刻绘出政治的败坏，与官吏鱼肉人民的真相，多少尽了读书人的道德良心。

白居易的诗歌尽量做到通俗易晓，他对自己所作的讽喻诗

（《新乐府》五十篇，共九千二百五十二言）非常重视，曾写自序云："总而言之，为君，为臣，为民，为物，为事而作，不为文而作也。"从这句话我们可以看出，白居易写诗的态度是多么卖力、多么严谨、多么有目标。唐代的诗人很少人能像他有这么丰富的产量，也很少诗歌能像他的作品流传得这么广泛，这么为大众所乐意接受。他最了不起的地方就是他喜欢站在弱者的一边，为贫苦的社会大众发出不平之鸣，用文学来反映生活的真相，斥责权贵的无耻，控诉战争的酷惨，以及肯定人性的良善面，在绝望里重建新的生命秩序。像《秦中吟》十首、《新乐府》五十篇，篇篇有血有泪，创作素材，完全取诸社会现实，但是这类作品反而不受人赏爱，倒是《长恨歌》《琵琶行》，不仅当时的人耳熟能详，即使千百年以下爱吟诵的人还是很多。作为一名诗人，白居易是真正责无旁贷地扛起时代所加给他的使命。虽然他的激昂慷慨，到了晚年也慢慢归入平和闲适，但是他所刻镂出的生命轨迹，却永远是中国读书人的一种典范。

除了元稹之外，白居易还有一位好朋友，就是与白居易并称"刘白"的刘禹锡。白居易曾经说他一生遇到两个诗敌，一个是元微之，一个是刘梦得。微之这个诗敌，他自认胜得过；但梦得这个诗敌，他却没有胜过。梦得指的就是刘禹锡。

刘禹锡年少得志，恃才傲物，一辈子命途多蹇，大部分的岁月都在贬谪中度过。他对诗歌方面的贡献不少，曾经改写湘西土人的歌谣，成为极受喜爱的民歌，《竹枝词》就是其中之一：

> 杨柳青青江水平，闻郎江上踏歌声。
>
> 东边日出西边雨，道是无晴却有晴。

充满素朴可爱的本色，到今天我们读起来还忍不住会心地喜欢。他的五言诗很有名，七绝更是唐代的代表作家之一，像《乌衣巷》《石头城》，被白居易这么了不起的大家读到，都要自叹弗如哩！自古才子惜才子，真是不容易呀。

以"文起八代之衰"的盛名，享誉于文学史上的韩愈，他在诗歌方面的作为不同于前述的元、白，他很着重技巧的追求，希望能够推陈出新，所以他常常拿写散文的方法来写诗，喜欢用僻字、造怪字，甚至押很奇特的韵。像这种作诗的方法，毋宁是杜甫"语不惊人死不休"的精神表现。这样创作出来的诗，有的诗味荡然、佶屈聱牙，像《南山诗》，但无可否认的，也有一些清顺雄放的佳作，像《山石诗》就是。

中唐时候走僻古奇险诗风的诗人，还有孟郊和贾岛。"苦吟诗人"孟郊是韩愈的好朋友，韩愈的僻险在于用字章法，而孟郊则在于命意造境方面。贫穷无子加上科场失意，也难怪孟郊的诗作满是愁苦之音了，我们举一首《秋怀》来看：

> 秋月颜色冰，老客志气单。
>
> 冷露滴梦破，峭风梳骨寒。
>
> 席上印病文，肠中转愁盘。
>
> 疑怀无所凭，虚听多无端。
>
> 梧桐枯峥嵘，声响如哀弹。

真是寒酸悲凄啊！怪不得金人元好问说他是"高天厚地一诗囚"。

另外一位和孟郊的命运、遭遇极相似的"诗囚"就是贾岛，他的作品最有名的该是那首《寻隐者不遇》的五绝：

松下问童子，言师采药去。
只在此山中，云深不知处。

至于其他的作品虽然全篇的佳作不多，可是常有些出人意表的好句子。我们在下篇的贾岛部分会作若干的介绍。

中唐诗坛的尾声里，爆出一位"鬼才"诗人李贺，他的诗歌要算乐府写得最好，很擅长比喻、象征的表现技巧。由于他的身份是没落的贵族王孙，加上天生多病多感，才情独特，所以诗歌带有一种秾丽奇诡的风格。他惯用一些"红、紫、青、碧、绿、白"的字眼铺染出秾丽的色泽，又常用"鬼、血、恨、死、哭、梦、泪"营造晦暗阴森的气氛，使他的诗充满迷离恍惚的美丽与哀愁。他的名句"桃花乱落红如雨"可为其诗风的注脚。至于他感讽诗的独到之处，真可谓前无古人，后无来者。李贺也是位短命诗人，才二十七岁就匆匆告别他主观里苦多乐少的人间了。他走后，倒留下了一颗唯美诗的种子，正等待出芽成花呢！

四、晚唐——指文宗开成初到昭宣帝天祐三年这八十余年间。唐代的国势到了晚唐，已经走向日薄西山的地步，宦官、藩镇与党争的祸害，终于扼杀了这个王朝的命脉，统一的大唐帝国再度陷入动荡不安，社会各阶层的冲突高度膨胀，最后爆发了无可避免的纷争战乱。这样的时代形象投影在诗歌里，一方面是写实色彩的存续，一方面是避开现实的华美风姿的扬起。盛唐黄金时代的诗坛所绽放的奇花异卉，历经中唐的灿烂成熟，到这个时期，已经呈现出无可挽回的凋残，而唐诗，终于在吐尽它最绚丽的华彩后，让后起之秀的乐词来接替它在文学里的位子。

晚唐文学的潮流，慢慢从写实回归浪漫，典雅绮丽的形式技巧，似乎又成了诗人们追求的写作目标，吟咏私情的艳体诗，逐渐取代了元、白以来所致力的社会写实诗。这时期的重要作家有杜牧、李商隐、温庭筠等。

杜牧就在这样的潮流中激荡出他作品的格调来，他虽然曾经批评元稹、白居易的诗"纤艳不逞"，但他自己的艳诗，冶荡处实甚于元、白，风骨处倒独树一格。不过，他多少还保存着从盛唐遗传下来的优美传统。杜牧很服膺杜甫，擅长写七律七绝，七律尤其和杜甫晚年的诗风相似，所以有"小杜"的雅称。他的杰作像《泊秦淮》《山行》《遣怀》《题宣州开元寺水阁》（阁下宛溪，夹溪居人）……真不知倾倒了多少众生。我们今天读他的诗，总觉得像他这样文采绝代的风流才子，有很多过于浪漫的地方应该被宽容、被谅解。随便举一首《赠别》来看：

多情却似总无情，惟觉樽前笑不成。
蜡烛有心还惜别，替人垂泪到天明。

我们怎能不为其中的情思、韵致低回再三呢？当然啦，艺术的涵盖面是既深且广的，杜甫血泪交迸的诗歌固然引起我们的衷心愀怆，而小杜的艳情之作何尝不让人心有戚戚？至于他的咏史诗篇，往往以华丽为外表，其实是在暴露当时士大夫们耽于逸乐、麻木国事的生活层面，主题耐人寻味。

李商隐是一个夹在党争中左右为难、一生落落寡欢的诗人。他的诗细密工丽，长于七律，喜好用典，寄托深微，晚唐的唯美诗到了他的手里，已经达于化境。他很欣赏李贺的才华，曾为他作传，受到他的影响是一定的。李商隐写了许多《无题》诗，内容多半是缠绵悱恻的恋情，神秘中有太浓太重的哀感。只要是真正爱过的人，都无法抗拒他的诗魂所具的魔力，"红楼隔雨相望冷，珠箔飘灯独自归。远路应悲春晼晚，残宵犹得梦依稀""相见时难别亦难，东风无力百花残，春蚕到死丝方尽，蜡炬成灰泪始干""一春梦雨常飘瓦"……是那样的缠绵、那样的深入、那样的婉曲。

李商隐的诗美得令人伤感，令人无可如何。他的诗歌一方面是他内心世界的独白，一方面也象征着唐诗的迟暮，"夕阳无限好，只是近黄昏"，李、杜时代的雄浑气魄，到此几已销声匿迹，只留得一天烂漫的晚霞，犹作最后的依恋。

唐代的诗歌大体上的起落兴衰就是这样了，它已经绚丽了一千多年，我们相信，只要是不自绝于历史的人，都可以分享到它的荣华和喜悦，当然，也可以同担它的沧桑和悲苦。在分享和同担的过程里，不妨让我们做一座小小的桥梁，便于您跨越过一千多年的时空距离。

下篇

名家名作赏析

王勃

（650—676）

以千古名句"落霞与孤鹜齐飞，秋水共长天一色"（《滕王阁序》）而不朽于文学史上的王勃，是一位恃才傲物、蹇困失意的短命诗人。

他在十二岁那年，就以神童的身份被举荐到冠盖满京华的环境里。那不可一世的青春锐气，配合了早绽的才情，使他不屑屈身于察言观色、等因奉此的平庸行列中。孤标独树和狂傲不羁虽然给他带来声名，却由于一篇游戏文章——《檄英王鸡》而惹来高宗的盛怒，操生杀大权、予取予夺的人主，终于废了王勃的官职，同时也重重打击了一名才子的灵心慧识。

既不能干青云而直上，年轻受挫的王勃只好远游江汉。不幸的事情常常是接踵而至的。有一个名叫曹达的官奴犯了罪，王勃起初动了恻隐之心收容了他，马上又反悔，在懊恼怖惧的煎熬下，却把他杀了（从这个事件里，我们多少可以窥见王勃忧疑莽动的矛盾性格）！事情爆发后理当死罪，幸而碰到大赦，但一向以儿子自豪的他的父亲，这回却连累受贬为交趾（今越南北部）令。

跟着父亲背井离乡、奔赴异域的王勃，心绪的失意困厄已经到了极点。第二年，在渡过南海的途中，遇上风浪落水，潜藏心底和即临眼前的惊悸，终于汇成一股狂流，吞没了这个灿丽而悲苦的生命——王勃死的时候才二十七岁。

文思捷敏的王勃据说有一个习惯，他在写文作诗之前，常是磨了许多墨汁，然后跑到床上拥被大睡，也不晓得什么时候，突然一跃而起，振笔疾书，连一个字都不需要改动哩！那时的人都管这个叫作"腹稿"。

他是初唐时代杰出的年轻诗人，和杨炯、卢照邻、骆宾王平分当时诗坛的秋色，被人称为"初唐四杰"。他的作品兼具两种格调：一种是承袭了六朝时齐梁浮艳风华的，像五律和《滕王阁序》这种骈文，很努力地夸示他的才学，难免掩盖了真性情。另外一种五言四句的小诗（这个时候诗的格律还没完成），大概有三十多首，倒是很真淳可爱，想是受他的叔祖王绩的影响吧！王绩不但很喜欢陶渊明，还常常拿他自比，作品也就不免带上"陶风"了。王勃在这种家学渊源下成长，这类作品中当然也有一份闲澹自然的情致。

【作品】

送杜少府之任蜀州

城阙辅三秦，风烟望五津。

与君离别意，同是宦游人。

海内存知己，天涯若比邻。

无为在歧路，儿女共沾巾。

【语译】

长安四周的楼观拥卫着京都，四川省的五个有名的渡口，在遥望中弥漫着滚滚的烟尘。

现在你要往蜀州去上任，而我也是因为做官而漂泊在外的人，和你分离，叫人满怀别意离情。

其实，只要在我们自己的国土上有着知心的人，即便是海角天涯，也还是像近邻一般。

我们当然难分难舍，可是不要像小儿女一般，在分手的岔路上，相对流泪啊！

【赏析】

三国时代的才子曹植（子建）曾经写下"丈夫志四海，万里犹比邻"的诗句，感情虽然是一千七百多年前的感情，空间虽然是一千七百多年前的空间，但是，即使在今天，我们细敏地去咀嚼它，心里仍然不免为它所撼动——它讲一种男儿所不能不有的豪情，一种天远地阔的襟怀。

时间距离曹植四百多年后的王勃，也体悟到人间的别绪离愁之不可免。大概只有重利的人才会轻别离呢！才锐情敏的人怎么能、怎么会、怎么可以呢？可是在现实世界里，时空的酷冷阻隔，原是那时代的人所不能以具体能力去扭转的（就算今天，我们可以对地球另一边的友人，拍一封电报、打一通电话，甚或朝飞暮至，可是，感情的事真能这么干脆利落的就了、就平，相思果可以万能的科技化解吗？主观的情愫还是很要紧的）。所以，诗人转而投向内心深处去寻求慰藉：

　　海内存知己，天涯若比邻。

　　人生本来就多漂泊，有因有缘的方得以短暂地相聚，父母与子女，知己与爱人纵然恩重情深，又有多少人能永永远远地相聚呢？即使聚到白首，不也横亘着一个如山似岳、如海似洋的永别吗？记得《红楼梦》里头有这么一句话："谁守谁一辈子呢？"

　　月换星移，挪山填海——长相厮守既不能完全在我们的掌握里，那么就让天下有意有情的人不要太在意别离。相聚固然值得相惜，在不能时，也可以像曹植、王勃那样，用一份最最挚炽的情，化万里天涯成比邻而居啊！

　　很困难，但是，何不试试呢？"歧路沾巾"充其量只泄抒了一些离愁，而心、而情、而意，它不仅跋山涉海，经霜历雪，甚且幽冥路也阻挡不了！

【附录】

思归

　　长江悲已滞，万里念将归。

　　况属高风晚，山山黄叶飞。

骆宾王

（高宗时代的人）

年轻有才气的文人似乎常常与"落魄无行"结了不解缘，骆宾王也不例外，他喜欢和赌徒做朋友。高宗末年，他因为贪污案下狱，后来遇到赦免，被任为临海丞。愤嫉失志的骆宾王选择了他人生的另一个方向——弃官而去，换句话说，他采取了与朝廷对立的立场。

他参加徐敬业声讨武则天的战役，并且写作军中书檄。同时仗剑持笔，来表达他对当时政局最激烈的抗拒。其中一篇《讨武曌檄》最有名。据说武则天读这篇文章时，起先还嬉笑自若，眼睛掠过"一抔之土未干，六尺之孤何托"时，再也笑不下去了，突然脸色大变，问左右："是谁作的？"旁人告诉她是骆宾王写的，武则天只说了一句："做宰相的，怎么可以失去这样的人才呢？"后来徐敬业兵败，根据《旧唐书》的说法，骆宾王也被杀了。

不过，晚唐时的孟启，在他作的《本事诗》里，说骆宾王事败后落发为僧，遍游天下名山，曾经路过灵隐寺，写下千古名句：

楼观沧海日，门听浙江潮。

这件事不论附会与否，多少让我们看出来，那时的人对敢于公然对抗权势顶炽的武则天，又颇具才情的骆宾王，是有一份怜惜之意的。

骆宾王虽反对上官仪这些人"绮错婉媚"的文风，对五言诗的建立也有贡献，但是，他本身所作的宫体诗仍未脱齐梁格调。幸好，他的人生波折比常人深刻迂回，对时代环境也有慷慨悲壮的体认，故也有极动人的诗作，像《在狱咏蝉》就是一首很不错的作品。

"年少而才高，官小而名大"的骆宾王，竟然连确切的生卒年代都没有留传下来，我们只知道他的一生相当于唐高宗、武后的时代。

【作品】

在狱咏蝉

西陆蝉声唱，南冠客思深。

那堪玄鬓影，来对白头吟。

露重飞难进，风多响易沉。

无人信高洁，谁为表予心？

【语译】

秋天（"西陆"的意思）到，断断续续的蝉叫声，萦绕在我被囚禁的牢房四周，加深了秋意，也加深了我作客的乡愁。

墨色轻灵欲飞的蝉儿，放肆地向着苍苍白发的我鸣唱，令我忍不住难受起来。

秋露似水如霜，压在薄翅上，怎么飞跃得起呢？风儿呼呼哮吼，微弱的蝉声怎么能不沉落消失呢？

大概没有人会相信饮露餐风的蝉儿是多么高洁，想想又有谁愿意替我表白这番心情？

【赏析】

"蝉"是这首诗极为凸显的一个意象。传说中的蝉又名"知了"，是懒妇的化身，待一切美好的过去难以挽回时，所发出的永不止息的怨悱之音；又有人说蝉餐风饮露、不食人间烟火，是清高的表征。骆宾王的寓意如何，我们不难揣度得到。

身陷囹圄的诗人，经由眼前客观景物的触发，遂使得主观意识的活动变得更加尖锐、敏感起来，他的"客思深"与常人的自是不尽相同，狱中作客的心情是怨上加愁，想到过去，想到现在，更想到茫茫无可预计的未来，这股愁思就好比一把犀利的螺旋刀，愈旋愈深。

接下来的"玄鬓"和"白头"，对立而双关。玄鬓，本指黑鬓，在此用来说蝉翼，象征年轻美好。"白头"，可指作者白发苍苍，老之将至；从玄鬓与白头的对比，展现出浓烈的愁苦来。"那堪"两字强调了心情煎熬的极致：我本已忧思千重万叠，却偏闻委屈、单调的蝉声，更加搅乱我的怨情。

从起首两句的听觉感受，转进到次两句的视觉体识，也许都还只偏重于外在形态的刻画。紧接而来的五、六句，便是一连串心灵的独白："露重飞难进，风多响易沉。"诗人先用隐喻来表明自己并非不求上进、不关心国事，他有的是满腔热血，无奈外在险恶的现实逼使他冷却、沉寂下来。以"蝉"自况，一方面是清高，一方面又形容自己的渺小、轻微，以蝉翼之轻，如何抵抗那露重霜寒？以蝉鸣之微，又如何挡得住狂风骤雨？

最后两句是极露骨、极怨尤的自白，透显出诗人无告的强烈痛苦。自古以来，我们的诗教讲求的是"温柔敦厚""含蓄蕴藉"，无非想有一种"怨而不悱""哀而不伤"的彬彬风质。从"初唐四杰"之一名家的骆宾王不会不懂这个，他之所以要在最后来这样坦白地宣泄，一则郁怨之情已至爆发的程度，一则有意以突兀直接的呐喊来造成撼动。大部分的诗论家都很推崇他的"露重飞难进，风多响易沉"，以虚实两写，而认为末了两句未免流于露俗。

宋之问

（650？—712）

宋之问又名少连，字廷清，汾州（今山西汾阳附近）人，又有人说他是虢州弘农（今河南灵宝）人，高宗上元二年（675）进士。

传说武后（则天）有一回去洛南的龙门游玩，曾经诏令跟随的臣子们作诗。其中有一位名叫东方虬的左史，最先作成一首诗，武后很高兴，就赐给他一件锦袍。没多久，宋之问的诗也作好了，武后一看之下，大大赞赏，马上传令把锦袍拿回来赐给他。

在张易之、张昌宗兄弟得宠于武后的那段时间，宋之问倾心媚附。他总是攀缘权贵来巩固自己，居官也不怎么廉洁，权势倾轧的结果，终于使他贬官、流放，乃至被皇帝赐死。

他的诗写得绮丽华靡，承袭了齐梁以来的唯美诗风。当时还有一个叫沈佺期的诗人，与他并称"沈宋"。有一首名为《有所思》的诗：

洛阳城东桃李花，飞来飞去落谁家？
幽闺女儿惜颜色，坐见落花长叹息。
今年花落颜色改，明年花开复谁在？

已见松柏摧为薪，更闻桑田变成海。

古人无复洛城东，今人还对落花风。

年年岁岁花相似，岁岁年年人不同。

寄言全盛红颜子，须怜半死白发翁。

……

里面有许多诗句，已经化成今天我们很常用的口语，相传是宋之问的作品。不过，也有人认为这首诗是他的女婿刘希夷所作。

【作品】

题大庾岭北驿

阳月南飞雁，传闻至此回。

我行殊未已，何日复归来？

江静潮初落，林昏瘴不开。

明朝望乡处，应见陇头梅。

【语译】

听说每年十月到南方避寒的鸿雁，飞到这里就又转回去了。

想到我自己坎坷的运途，才刚刚开始，似乎永无终止的样子，老天啊！要哪一天才能像北归的鸿雁一般，回到家的怀抱呢？

看那起落涨伏的潮水，慢慢平静下来了。昏暗的树林里，充满了浓密骇人的瘴气，我暂且在这个北驿所歇一夜，等天明再上路吧！

想想明天早晨，我孤单地站在大庾岭上，忍不住一再回头望向遥不可及的家乡，眼前的这一片梅花树海，可是我唯一能看见的了。

【赏析】

这首诗是中宗年间，宋之问被贬到越州（今广东省合浦县东北）作长史，途中路过梅岭，万千感触之余所写下的。

阳月是农历的十月。许多北方的鸿雁为了避寒，大概从九月时分就纷纷往南飞来，它们飞啊飞的，相传一直要飞到衡山的七十二峰之一——衡阳南边的一座"回雁峰"，等冬天过了，温暖的春天一来，才又挥拍翅膀，飞向北方。

诗人看着南飞的雁，想着它们不过是季节性的迁徙，总会有北返的一天，再联想到此时此地的自己：前程未卜，茫茫一片，更别说何日是归期了。

忧伤的情绪好不容易慢慢地经由诗人精神力量的超越而平静下来。所以，接下来的"江静潮初落"，一方面实写眼前的景致，另一方面也未尝不是诗人心境的点染。好比我们平常说的"心湖波涛汹涌"，或说"心如止水"，都是喜欢用"江水""湖水"甚或"海水"来比喻情绪意态的起伏。当然，这个地方说"江静"也可以说是"心静"；而"潮初落"呢？就又写出诗人的心情正在往下沉落，沉落……

翠岫山岚在一个心情愉快的人体会起来，极可能是充满着幽深恬适的意趣，可是对于一个愁云惨雾，正在受贬途中，精神、肉体两皆困顿的诗人而言，那只好是"林昏瘴不开"的景象了——山林里烟雾瘴气弥漫，枝蔓纠缠，哪见天日？内心的"情"

与外界的"景"，至此叠合为一，再也化不开。

人生的困境太多，所幸人天生总有一种化解困境的"劲"，姑不论成功与否，人就会这样地活下去。也因此，诗人在不忍回顾既往的反省下，终于望向明天。迎接明天，才能有进一步的期望，什么期望呢？再也不是鲜车丽裘、富贵名利了，而是"家乡"，好一个冰雪中的火种——还乡的意愿。受了沧桑而疲倦于人生时，"家"原是最最温暖、最最细致、最最妥帖的慰藉与召唤哪！

大庾岭（地处江西大余县南方，广东南雄市北方）由于唐朝的张九龄曾经在岭上种植梅花，所以又称"梅岭"，因为是亚热带气候，这里的梅花又比别的地方早开。诗人说明朝要"望乡"，那想起来就叫人心疼的远远的家，想必将被眼前一片缤纷的梅花所阻断吧！诗人的心已经奋力挣出沉落和昏暗，往着严冬过后的暖春奔去：

梅花开了，春天还会远吗？

"梅花"一词在这首诗里，好比仙女的魔棒一般，在愁天恨地里，蓦然点出一片似锦繁花。

【附录】

新年作

乡心新岁切，天畔独潸然。

老至居人下，春归在客先。

岭猿同旦暮，江柳共风烟。

已似长沙傅，从今又几年？

　　　——宋之问（或云刘长卿作）

贺知章

（659—744）

贺知章是初唐、盛唐年间的诗人，字"季贞"，晚年自号"四明狂客"。生在唐高宗显庆四年，卒于唐玄宗天宝三年，他的籍贯是会稽（今浙江绍兴市）。

他的个性很旷达，口才不错又富于幽默感，这大概是他活了八十六岁的一个主要原因吧。他年轻的时候就有诗名，跟李白、张旭这些朋友常在一起饮酒赋诗。据说李白初到长安时还没有什么人赏识，有一天，贺知章读到他的《蜀道难》，立刻大为叹赏："这可是一位天上的谪仙呀！"能够一眼就看出天才的人，毕竟本身的才气也不寻常。

知章这个人想是充满着谐趣的，杜甫的一首《饮中八仙歌》，描述他酒醉后的样子说："知章骑马似乘船，眼花落井水底眠。"真是又浪漫又可爱。

三十六岁那年，他进士及第，以后慢慢升迁，做到礼部侍郎兼集贤院学士。八十六岁时请为道士，告老还乡，回家后的同年就去世了。

【作品】

回乡偶书

少小离家老大回，乡音无改鬓毛衰。

儿童相见不相识，笑问客从何处来？

【语译】

我年纪轻轻就离开家乡去闯天下，一直到年华老大才重回旧地。在外这么多年，说也奇怪，一口浓重的乡音始终没有改变，倒是两鬓的须发争先恐后地花白了。

走进乡里，一大群孩子见了我却没有一个认识我的。有的竟然笑嘻嘻地问我："客人，您是打哪儿来的呢？"

【赏析】

从时代的背景、仕途的遭遇和个人的性情综合观察，我们知道贺知章是一位乐天知命、得天独厚的诗人。这首《回乡偶书》很能代表他虽感伤但仍不失谐趣的情怀。

整首诗给人一种闲话家常的亲切感，比方说："少小"、"老大"、"乡音"、"鬓毛"、"儿童"、"客"，都是我们平常生活中再熟悉不过的；再看看当中所用的动词："离家"、"回"、"衰"（兼形容词）、"相见"、"相识"、"笑"（兼副词）、"问"、"来"，试问哪一个人没有切身体验过呢？这些极平凡、极不新鲜的素材，经过诗人情思的巧妙运作，竟然互通了我们的心息，使人一读陡觉心底亮起一朵温暖的火花来。

"少小离家老大回"，诉出的乡愁是多么的漫长和辽阔，"少小"与"老大"之间累积了诗人多少喜乐与悲苦的生活经验，这一切皆缘于"离家"而起。远别故乡和亲人到另外的地方去寻求自己的理想，不管达到与否，诗人很庆幸地发觉自己恋乡的情怀不但没有被新丽的外界所抹平，反而下意识地黏滞在乡音的执着上——这是一种多么伤感的自负？这是一种多么自然的真情！可是，人所能恋执的毕竟也是有限的，就拿日渐似秋霜的两鬓来说，谁不希望永远是一头青丝，或者至少不要花白得那么急速，叫人好不惊心。但，韶光的流逝是任谁也挽不住的，人间哪有永恒的青春？

　　一路这么想着，眼看就快到家门了。李频（一说作者为宋之问）的《渡汉江》说："近乡情更怯，不敢问来人。"为什么呢？离乡太久，一切都在熟稔中透着陌生，现在回来了，该怎样反应自己朝思暮想的情愁——热泪盈眶，还是默默无言，把奔涌的喜悦和哀伤统统咽回肚子里去？而且，物是人非呢，还是人是物非，抑或是物非人非呢？唉，真不敢向那最先碰到的乡人打听。

　　没想到迎面而来的是一大群活蹦乱跳的小孩子，定睛一看，这么昂盛的新生命，尽是一张张新鲜的小脸庞。在极短促的时间里，孩子们打量着诗人，诗人也凝望着新生的这一代，心里不禁涌起一股难以抗压的感伤：岁月如梭啊，有人说过"去国十年，老尽少年心"，我何止十年的背井离乡，我的少年心似乎已是云雾中的青山了……

　　叽叽喳喳的话声伴着脆嫩的笑声，将诗人拉回眼前的现实："老爷爷，您是打哪儿来的呢？"这一问，不禁使诗人茫然于千头万绪中，真不知该从什么地方答起。孩子们天真无邪的"笑"，正反衬出诗人老大回乡的"悲"，原本是"主"的身份竟然被误置成"客"——人生的矛盾难堪原来俯拾即是呀！

【附录】

《回乡偶书》 另一首

离别家乡岁月多，近来人事半消磨。

惟有门前镜湖水，春风不改旧时波。

陈子昂

（661—702）

陈子昂出身豪富之家，喜欢射猎赌博，到十八岁还没有读过书，纨绔子弟任性使气的特点他都具备了。直到有一天，偶然跟朋友到乡塾去，看见许多年纪相仿的青年努力读书的情景，他心里突然大受感动，才痛下决心，回家闭门苦读。

在冠盖满京华的地方，陈子昂耍了一招成名术。据说有一个卖胡琴的索价百万，京城里的豪贵竞相传看，却无人敢议价。冷不防陈子昂从人群中扬声叫道："我出一千缗！"旁观的人大吃一惊，问他何故？子昂答说："胡琴是我的拿手乐器哪！"大家在羡佩之余，希望能亲闻他的演奏。子昂立刻邀请他们，次日到他的寓所去听琴。到了第二天，当时的名流文士都闻风赶至，子昂早已设宴款待。等宴会气氛热闹起来时，子昂即当众宣布：

"我是四川人陈子昂，精心写下百轴诗文，竟不为人知，弹奏胡琴不过是贱工的技艺，算得了什么！"于是把高价买来的胡琴掼碎在地上，而把他的文章遍赠宾客。

短短一天之内，陈子昂声名大噪，轰动了整个京城。

唐睿宗年间，陈子昂二十多岁中了进士，极力发挥他书生论政的言责，对当时的政治曾有过影响。

武则天称帝的时候，陈子昂作了一篇歌功颂德的《大周受命颂》，有人因此觉得这是他才情的一个瑕疵。但是，清人陈沆在他的《诗比兴笺》里，曾不遗余力为子昂辩解，似较公允。

　　仕宦的途运有时不是光凭才识和热忱就能如意的，陈子昂饱经书生与政的困蹙，心怀抑郁又兼体弱多病。当他登上蓟北楼，有感于过去乐毅遇燕昭王的故事，便作了七首览古诗，寄赠给他的故友卢藏用。诗写成之后，忍不住满面泪水，脱口吟出旷古悲情的杰作，那就是《登幽州台歌》。从此罢官归乡。

　　子昂父亲去世，当地的县令段简贪吝苛残，找尽借口陷害他，子昂虽然贿赂二十万缗疏通，但是，段简仍嫌太少而押他入狱。谁想到，曾以万贯家产而任情尚气，而名动京华的陈子昂，最后也因"钱"的缘故，竟以四十二岁的英年死在狱中。

　　陈子昂是初唐第一位反对六朝浮华靡丽诗风的人。理论上，他根本不赞同重形式与声律的唯美观念，而主张诗歌应追复汉、魏的风骨和寄兴，他为东方虬的《修竹篇》所作的序文，正表明他对诗歌复古的态度。创作上，他是位理论的实践者，他的诗重现建安、正始的风力，像《感遇诗》三十八首的造诣，直可媲美阮籍的《咏怀诗》。由于音调自然，语言雄浑，情感慷慨悲怆，使得字里行间洋溢着"骨气端翔、音情顿挫"的生命力，在唐诗领域里，陈子昂成为古雅的开创人物。韩愈推崇他说："国朝盛文章，子昂始高蹈。"（《荐士诗》）应该不是溢美的话。

登幽州台歌

前不见古人，后不见来者。

念天地之悠悠，独怆然而涕下。

【语译】

我站在万丈高峰般的幽州台上，往前望去，一片空茫，看不见历史里翻腾或泪没的古人；往后看去，竟也是渺不可知，看不见那些接续的来人。

想到天地的悠远，宇宙的寥廓，我到底在哪里呢？不由得独自落下悲怆的泪水。

【赏析】

这首作品是一种歌行体，模仿古乐府的风格，有词但无音乐，句式长短不齐，可以算是乐府诗。《登幽州台歌》以短短的二十二个字，竟能构筑出一片无垠无涯的时空，和全人类共同的愀怆感来。

一开始就力写诗人绝世独立的孤寂："前不见古人，后不见来者"，呈现出广漠的时空交错。"前"，指诗人登幽州台所面对的空间，"后"，则为诗人登幽州台所背向的空间。但由于"古人"和"来者"的牵连系引，使"前""后"立即由空间意识加入时间意识。于是，由无垠的时间与空间所组成的浩瀚宇宙，是那样宏伟峻冷地铺展开来……

面对这无边无际、不始不终的时空，诗人始而震撼，继而孤独，而终以悲怆。他向宇宙的前端望去，那脑海里的红尘奇才、青史春梦，竟是声影俱息，一瞬间，仿佛历史的脐带被剪断了似的，他深重地感到个体生命的独立和孤单——往后极目，理念上"来者"当争先恐后，可是，依然迎上来的是一片渺茫的未知。那么，诗人所仅能把捉住的该是"现在"了，而现在呢？现在稍纵即逝啊！仅仅属于现实存在的自己又如何呢？

过去与未来既无以攀缘，而现实中的诗人又是抱负不展，理想受挫的。当他在时代和历史的长流里找寻不到自己的生命位置，肯定不了奋斗的价值意义时，以孤绝渺小的自己，去面临如此悠悠无语的天地，他怎能像哲学家那样冥坐沉思，宗教家那般拈花微笑，而忍住满心凄怆的泪水呢？

他原只是一个任性放情的诗人啊！他一方面孤独庄严地去为理想奋斗，一方面泣泪流血。只要我们有一份对时代和历史的使命感，加上实际的人生沧桑——谁没感受过这种苍天莽地、孤极怆绝的情怀？

【附录】

喜马参军相遇醉

独幽默以三月兮，深林潜居，时岁忽兮。

孤愤遐吟，谁知我心？孺子孺子，其可与理分。

孟浩然

（689—740）

盛唐自然诗派里，能够和王维分庭抗礼的要算是孟浩然了。他早年、晚年都隐居山林，中年时功名之念大动，四十岁才到京师，但没考上进士。

有一回，他的朋友韩朝宗想把他推荐给朝廷。到了约定的那一天，孟浩然和一些老友喝得醉醺醺的，根本无法赴约，也因此失去了机会。唐王士源在《孟浩然集》的序里说："浩然文不为仕，任兴而作，故或迟；行不为饰，动以求真，故似诞；游不为利，期以放性，故常贫。名不继于选部，聚不盈于担石。"很能讲出孟浩然的性情。

孟浩然曾经在太学赋诗，在座的人都很钦服他的才华，张九龄、王维更是叹赏。王维找了个机会想把他推荐给唐玄宗，没想到他的《归终南山诗》，其中有"不才明主弃，多病故人疏"的句子，玄宗读了很不高兴。孟浩然从此再也没机缘走这条路子了。

后来张九龄镇守荆州时，浩然曾当他的从事。王维和李白都是他的好朋友，都很同情他的遭遇。王维《哭孟浩然诗》说："借问襄阳老，江山空蔡州。"又李白的《赠孟浩然》诗说："吾爱孟夫子，风流天下闻。红颜弃轩冕，白首卧松云。"对浩然最后的选择归隐，颇有一份相惜和敬服之情。

孟浩然的诗风在中年求仕进时期，常流露出不甘寂寞、怀才不遇的牢骚，早年、晚年隐居山野田园，风格接近陶渊明，虽然和王维齐名，但作品的情调和境界都还不到陶、王那样冲淡闲远的地步。至于他四十岁前后遍游江南、西北时所描绘的山水诗，又颇具南朝诗人谢灵运的风格。他擅长五言古诗、五言律诗，清远幽深处颇具古朴的风味。

【作品】

宿建德江

移舟泊烟渚，日暮客愁新。
野旷天低树，江清月近人。

【语译】

我把小船停靠在钱塘江的沙洲边，四周的烟霭一片迷茫。夜色渐浓，慢慢勾起了我作客他乡的忧愁，旧愁加新愁，连绵不断。

眼前一望无际的原野，令人觉得灰沉沉的天空压下来，比树还低。月光照在清亮的江水上，仿佛月亮很接近人的样子。

【赏析】

这首诗写的是旅愁，充满了不遇的寂寞和惆怅。外界景致的迁化，通常会使诗人产生移情共感的作用。以"有情"的眼光来观照宇宙万象，很容易使得这一切染上或忧或喜的色泽。

缘此，当诗人独自夜泊在烟雾弥漫的沙湖边，白日纵使可以依山而尽，可是他的忧愁却无法因向晚而减轻，反而，随着簇拥而至的夜色而滋长得更浓更深。因为，到了夜里，是个"入门各自媚"的时分啊！此时此际此地，真的是"日暮乡关何处是？烟波江上使人愁"。四顾茫茫，是何等惆怅的心情。诗人投身在亘古无穷、辽阔苍茫的时空里，他所体受的那份孤独与渺微感，仿佛蔓生的杂草，肆意地啃啮他的心原。杂草是野火烧不尽，春风吹又生的——而生之旅的愁苦呢？

在劈头劈脸而来的苍凉夜色里，诗人觉着自己慢慢被吞没了。眼前辽阔的星野竟俯身向他，那么空旷，却也那么包容；那么静默，却也那么温和。连清灵的江月也似乎在慰抚他凄怆的心……多愁善感的诗人会不会因为天地的有情而觉得坦适安怡，还是因此而倍觉人间的凄凉呢？

【作品】

春晓

春眠不觉晓，处处闻啼鸟。

夜来风雨声，花落知多少？

【语译】

春天的早晨轻寒适意，使人一觉醒来，常常不知道到底天亮了没有，只听得随处传来阵阵清脆的鸟鸣。

想来昨夜似乎是风吹雨淋，园里的花儿可不知又飘落了多少？

【赏析】

这首诗读来朗朗上口，主要的原因是浅易近人，毫无做作之感。它的隽永处在于愈玩味愈觉得韵致清美，是孟浩然最有名的自然诗作之一。

"春眠"是很怡适的举动，"不觉晓"则可能蕴意双重：可以说心无尘虑，故神游梦境，不知东方之既白；也可以说，或者为了某种事、人、物而一夜魂牵梦萦，未能真正熟睡入眠，等到接近破晓时分，方才昏沉沉睡去，故天晓而不觉，非不欲觉，实不能觉也。

"处处闻啼鸟"属于动态的、听觉上的美感。这清脆俏亮的、代表春天讯息的鸟啼，从四面八方轻轻掀开了诗人梦境的窗帷，使他重回人间的现实。这是多么美丽的自然向导！

然而，当诗人面对着眼前的良辰美景，却不禁想起雨疏风骤的昨夜——那无可回避、无能遣除的感伤情怀，或许证明了诗人在春雨绵绵的夜里，是不曾酣睡的，他聆听风声雨声，意致阑珊，不欲推窗外望，就算外望，又能望见什么呢？内心无比的落寞感慢慢叠向高峰。

"夜来风雨声，花落知多少？"表面上他似乎不愿意去关心在意外界景物的迁移，漫漫长夜，斜风更兼细雨，势必使早绽的春花，耐不住风雨的摧凌，而辞枝委地，想象中该是一幅满目狼藉的景象吧？这个春晓的时令，加上一夜风雨后的满地落红，也许将勾动他载不起的宿怨新愁吧！他的内心最深处，恐怕很在意着：一夜风兼雨，究竟花落有多少？

不过，历来大部分的诗话和诗论，都以为这首作品玄远淳淡，具有禅味，不必也不可泥求，和以上的赏析大异其趣。像唐汝询就说这首诗：

首句破题，次句即景，下联有惜春意。昔人谓诗如参禅，如此等语，非妙悟者不能道。

颇以为此诗有万事不关其心的闲适况味。再像日人森大来的《唐诗选评释》说：

浩然此作，就春晓未离褥时，写其闲中之静思，真情景，妙不可名，与所谓净名之默然，达摩之得髓，同一关捩者也。须其自来，不以力构，钝根之人，常当三复斯言。（卷六）

【作品】

岁暮归南山

北阙休上书，南山归敝庐。

不才明主弃，多病故人疏。

白发催年老，青阳逼岁除。

永怀愁不寐，松月夜窗虚。

【语译】

再也不想向北阙上奏书了，想想还是回到我在终南山的破茅屋里吧。

我因为没有什么卓越的才干，才被圣明的皇上所鄙弃，加上百病缠身，一些亲朋故旧一天天地疏远我了。

眼看着满头白发，即将催人老去，春天快要来临，又要逼走一年的尾声。

我满怀忧愁，无法安然入睡，只见那松林里的月色，从窗间洒落，让人觉得一片清灵虚幻。

【赏析】

这首诗写透了孟浩然求仕不得，意兴阑珊的心态。

人之所以心烦意乱，无所适从，有的由于功名难就，有的或是情场失意，总不外乎纠缠在重重的七情六欲中。孟浩然的初隐鹿门山是有所为的，可惜他"以退为进"的作风，并没有受到皇上的青睐。后来虽然游学京师，却应进士不第。眼看不惑之年已过，他只好退隐终南山。这种并非勘破世相的归隐，是无法澄澈的。一股难以抑止的不平之气，使他不能走上真正乐天知命的境地。

这首诗的每一句都充满着"时不我与"的怨怼之音。对于满心功名热念的人而言，"不才明主弃"是多么大的打击！"多病故人疏"又是何等无可如何的无奈！不少伟大的诗人能够将这股积愤之情予以转移，寄情山水，甚或经由感情的升华，而达到心与境化的纯真境界，如陶渊明者然。可是，对于"看不破，跳不过"的人来说，随着人生尾声的到来，使得他更加自怜自伤，所有的人、事、物，都因此变得虚幻缥缈，无所兴寄了。句尾的"虚"字正是双关字眼。

唐汝询说孟浩然这首诗是："此不偶于时其栖逸也。襄阳之隐鹿门久矣，其游京师，盖有上书北阙意。既而所如不合，则绝仕进之心而归终南，因极陈失意状。且言穷老无闻，岁月将尽，感时兴怀，至不能安寝，其无聊极矣。然窗间松月，终有出尘之思在。"对于孟浩然心路历程的转折剖析较合宜。

"文学是苦闷的象征"，这首充满着苦闷象征的诗作，真像一面镜子，让许多同孟浩然有类似遭遇的人，照见了共同的悲愁。诗人在松间寒月中，努力要净化他为俗尘所困泥的心灵，也许，他看到的人生尽头处是一片清虚吧。

【作品】

宿桐庐江寄广陵旧游

山暝听猿愁，沧江急夜流。

风鸣两岸叶，月照一孤舟。

建德非吾土，维扬忆旧游。

还将两行泪，遥寄海西头。

【语译】

附近的山色已经慢慢暗淡下来，森林里传来阵阵凄厉的猿叫声，在苍茫中涌起一片悲愁，水色青寒的江水急急奔流过去。

今夜留宿江边的我，倾听着两岸的树木被风刮动的声音，天上的月光静静洒落，映照着这条孤清的小船。

建德并不是我的乡土，只不过是我萍踪暂寄的地方。想着想着，想起了扬州一带的亲朋故友们。

眼看海角天涯无能跨渡，只能将思念的泪水，托付清风明月、水流山色，遥遥寄向大海西头的扬州。

【赏析】

如果说热炙的场合，会令情思细敏的人感到不能自已的悲凉，那么，凄天寒地、孑然一身的味况，恐怕将比前者更孤绝、更难以排遣吧。

时间是薄暮至夜晚，空间是桐庐江（今浙江桐庐县南，位于钱塘江的中上游）上。"山暝听猿愁"以视觉上向晚天色的幽深，来烘托尖锐刺耳的猿声，猿声撕裂了时空的静沉，也勾动诗人内心的愁绪。同样写猿声，谢朓说"山暝孤猿吟"，李白说"两岸猿声啼不住，轻舟已过万重山"，浩然说"山暝听猿愁"——多么不同。事实上，猿声的或孤清或轻俏或愁苦，完全经由诗人主观意识的投射而产生变化。它原只是个引子，由它来引发触动诗人的内在情境。

诗人一开始就告诉我们：他处在一个天色幽晦、人迹罕至、满是猿声的山谷里。即使客观上来讲，这个初现的场景也是够凄怖的了。接着，更贴切点出"沧江急夜流"的浩瀚镜头：江水苍寒，急流奔涌。而他就在这个浩荡的时间与空间之流里，感到"逝者如斯"，更想见到自己未来的漂泊渺茫。"急夜流"，极尽气势之磅礴，似乎奔流的不只是江水，不只是夜晚，而是一去不回头的人生。

眼前的景色更添加听觉效果，仿佛电影的配乐一般："风鸣两岸叶"，风声呼啸着扑过两岸萧索的树叶，也扑过诗人寂寞的心——这股情怀紧接着由下一句的"月照一孤舟"推向顶峰。明月古今同,只是它此际映照的是在急流汹涌中的孤舟,是在天色阴暗中听猿声的旅客。"一""孤"同义字连用来形容"舟",诗人有意强调自己的落寞孤单,在"曾不能以一瞬"的天地中,整个生生不已的动态世界,更衬托出孤舟的渺微不足道。如何从渺微的个体生命中,寻出一个有丰富意义的坐标来?也许是所有不甘于纯物质存在的人类所孜矻(kù)以赴的生之标的吧!

"独在异乡为异客",自然会止不住地怀念过去生涯里熟稔的人、事、物,可是,这股思念之情却被当前的客观情境所截断了。能够横越时空、亘古以存的力量,莫非情之为物?由是,在悠远浩渺的天地里,涌自挚性真情的两行清泪,也就肩负起"遥寄海西头"的使命了。

【附录】

过故人庄

故人具鸡黍,邀我至田家。

绿树村边合,青山郭外斜。

开轩面场圃,把酒话桑麻。

待到重阳日,还来就菊花。

王维

（701—761）

自然恬淡原来是要从繁华富丽中凝塑出来的，以田园山水名家的自然诗人王维，他的一生正为这句话做了最贴切的注脚。

少年时候的王维跟常人一样热衷功名，由于奔放、流灿的才华，追索功名的心志比常人还要迫切热烈。从二十一岁中进士开始，前前后后做过右拾遗、监察御史、吏部郎中等，是他宦途上最得意的时期。

天宝十五年，安禄山的叛乱不仅惊动朝野，对于身处时代巨变的许多文人士子来说，何尝不是一回彻骨惨创的生命经历。王维以五十六岁的年纪躬逢其会，被安禄山俘虏，迎他到洛阳的普施寺，软硬兼施迫为侍中。禄山在凝碧池大开庆功宴，王维满怀凄怆，写下一首《凝碧诗》：

万户伤心生野烟，百官何日再朝天？
秋槐叶落空宫里，凝碧池头奏管弦。

乱事平定后，朝廷以附贼罪拿他下狱。幸好有这首诗，得以表达他的忠心，才减轻了他的罪名。

王维中年丧偶，加上此次剧变，使得他整个生活态度和思想观念完全改变。《旧唐书》本传说他"妻亡不再娶，三十年孤居一室，屏绝尘累"。王维"晚年长斋，不衣文彩"，隐居在辋川的别墅中，经常和道友裴迪浮舟往来，他有一篇文章《与山中裴迪秀才书》，写尽了田园生活的恬淡意趣。即使在京师里，他主要交往的对象也是禅僧，"退朝之后，焚香独坐，以禅诵为事"。饱经安史之乱沧桑的王维，更加坚定了学佛及皈依大自然的意愿，他晚年半官半隐的生活，正是"行到水穷处，坐看云起时"的实际表露。

王维的诗作，五绝最好，五律其次。他的诗风大致可以中年信佛作为划分的界限，此前的诗作哀伤缠绵，如《送元二使安西》《七绝送别》；此后的作品大部分充满空观清冷的气氛，往往意境幽绝、风格淡远，如《鹿柴》《山中》《终南别业》《归嵩山作》《竹里馆》等。

王维不仅诗写得好，对音乐和书画更是颇有会心，尤其是他的水墨画，秀丽清淡，天机独到，开我国南宗画派的先声。难怪一代才子苏东坡激赏他说：

味摩诘之诗，诗中有画；观摩诘之画，画中有诗。（摩诘是王维的字）

王维自己更有深谙其中三昧的话：

凡画山水，意在笔先。

下面我们举几首王维的名作来细读，必能使我们更了解，为什么王维是盛唐自然诗派的泰斗。

【作品】

栾家濑

飒飒秋雨中，浅浅石溜泻。

跳波自相溅，白鹭惊复下。

【语译】

一片"飒飒"、"飒飒"的风雨声中，疾速的水流翻滚过溪里高高低低、大大小小的石头。

只见那跳跃奔跑的水花彼此溅弄着，偶尔惊动几只白鹭鸶，冲天飞起。不一会儿，它们又缓缓降落下来，在水边优美地站立着。

【赏析】

这也是一首王维极拿手的自然诗，诗里展露出天地间片段的自然原姿，几乎是处处生机，神韵盎然，一片空灵之意。

诗中的主要角色好像全由自然的景物——秋雨、石、跳波、白鹭——所扮演，而"人"，似是不见踪影的，但是，假使我们更进一层玩味，就会豁然憬悟——人——原来也在其中！唯其透过人的视觉、情感，它才那么丰盈可喜。

在短短二十个字的五绝里，诗人用了两个重叠词——"飒飒"和"浅浅"。不嫌浪费松散吗？说也奇怪，不仅一点不觉它泄沓散漫，反而觉得声色俱出，既有声音，又有姿态哩！秋雨既"飒飒"而响，亦"飒飒"而舞，溪水既"浅浅"嬉语，亦"浅浅"翻滚而过。

这种生生不已的"动态"感，顺着第三句的"跳波自相溅"奔向顶点：由"泻"而"跳"而"溅"，好不热闹哟！这时，如诗的画面上，突然出现了一向给人安详悠静之感的白鹭，就在它们敛翼飞下的刹那，陡地——给相溅相激的顽皮的水珠唬了一跳，冷不防这一着的白鹭，迅速上飞——多美的动感。可是，它们再看看身子底下前呼后拥、笑嘻嘻、闹哄哄的水珠子一点不以它们为意，一点也没吓唬它们的意思，白鹭懂了——因惊而悟，由起复下——谁防谁呢？

它们于是自由了，解放自己原来是多么适意的一件事。天地间原是如斯有情，又如斯无情；如斯可亲，又如斯不可亲。"白鹭惊复下"，真耐人细品，言有尽而意无穷，在我们心灵悟觉的历程上，这岂不是一个很美丽的象征？

王维另外的作品，像《鸟鸣涧》《辛夷坞》也是写生生不息的天机，叫人读来真是尘虑大消，现在把它们附录于后。

人闲桂花落，夜静春山空。
月出惊山鸟，时鸣春涧中。
——《鸟鸣涧》

木末芙蓉花，山中发红萼。
涧户寂无人，纷纷开且落。
——《辛夷坞》

终南别业

中岁颇好道，晚家南山陲。

兴来每独往，胜事空自知。

行到水穷处，坐看云起时。

偶然值林叟，谈笑无还期。

【语译】

我中年以后，就非常喜爱佛理。晚年时，便隐居在终南山边的辋川别墅。

兴致一来，经常独来独往，面对那美好的景物，心中的快意只有自己才能领会。

有时候走啊走的，走到水源的尽头，便随兴坐下来，眼前马上又展开一片新景象——云雾升沉，自在自由。

在回来的路途上，偶然也会碰到住在山林里的老头儿，跟他们随意谈谈，谈到开心处，还常忘了回家呢！

【赏析】

这首诗描写的是隐居生活的情趣，让我们读来，感觉字里行间充溢着一份和谐的生命情调与盎然的禅机。

繁华落尽见真淳的王维，很能体受独处的乐趣。自然诗人王维，"独"对他而言，只是不拘不碍的生活样式之一种。他既没有要刻意去追求孤独，也没有用心去回避孤独。完全随兴所至，

68

独来独往，把自己投入大自然的律动中，寻幽访胜，悠然自得，适意之至。这种山林行访的乐趣，似乎并不难寻获。

接下来的"行到水穷处，坐看云起时"。也许就不是一般人所能轻易悟受的。对寻幽访胜的人们来说，"行到水穷处"正是意兴阑珊的时刻，因为有形的"水源尽头"很可能截断了"寻幽访胜"的情趣，换句话说，我们常会执着于视觉上的外形——比方说，爬山是为了登上峰顶，一路上的纷红骇绿的野趣，不一定引起我们的注意怜爱。可是，王维却出人意料之外，作了形式上的突破，不黏滞、不执着，从外在的窘境，返回心灵，于是他超越"水源尽头"的局限，涵养所至，矜躁尽化。他平心静气坐下来，默看云雾升起。这份"胜事"的个中滋味与喜悦，真的只有自己才能知道。

最后两句，"偶然值林叟，谈笑无还期。"充分表现了诗人胸臆中无所牵挂、逍遥适意的生命情调，也衬托出山野间朴素可爱的人情味来。"偶然"写出一片随缘的境界，既不有意邀迎，也不有意排拒，读书人能够"忘我"地融入自然，即使与乡野村叟谈笑，也不觉格格不入，甚至谈到会心而笑的地方，还能让人忘了回家的时间。这是一种多么和谐、多么活泼的生活契机啊！

【作品】

送元二使安西

渭城朝雨浥轻尘，客舍青青柳色新。

劝君更尽一杯酒，西出阳关无故人。

【语译】

渭城的早晨，忽然来了一阵绵绵细雨，润湿了路上轻扬的沙尘，沁凉的气味飘浮在空气中。客舍的屋瓦泛出一片水汪汪的青绿色，参差的柳色叫人有清鲜的感觉。

我在这儿为您饯别，请您尽怀再饮一杯吧！一旦出了寂天寞地的阳关，就再也碰不到老朋友了。

【赏析】

这首送别好友的诗，真是情深意挚。就算不懂诗意的人读起来，也要为之动容，也要喜欢也要爱不忍释。为什么呢？它能那样跨越时间、空间，它能那样的亘古常新。

这首又名《渭城曲》《阳关曲》的作品，充满了"诗所以歌"的音乐性，唐人在送别朋友时，最爱唱它了，有"一叠""二叠""三叠"的唱法，一再的反复吟唱，很能传达出那种依依不舍、温润如玉的情怀。苏东坡说："人生无离别，谁知恩爱重。"离别在人生的境遇里太普遍了，但是，并不因为它的寻常就能叫人不黯然神伤啊！悲天恸地固然是哀感的极致，洁净温凉的哀思何尝不是呢？前者往往在一阵狂风骤雨似的倾泻之后会慢慢平息下来，而后者却不是的，它就好似涓涓细流，绵延无尽。真正可贵、可喜、可亲、可爱的"有情"到底是哪一样呢？

王维在这首诗里给了我们一个答案——眼泪可以愁天惨地，也能温慰心灵。渭城的朝雨把尘土安定下来，人间的别意离情也须经"泪雨"的洗礼，方能妥帖、洁净。外界的雨能清新客舍，能美丽柳色，但愿我们心里边的泪水，也能把世俗所拘执的哀伤轻轻化去。

"劝君更尽一杯酒"的温厚，跟李白"会须一饮三百杯"的狂放有多大的不同！我劝你再浅酌一杯，不为行令，不为纵情，只为了"西出阳关无故人"，再也难遇知己对饮。为所亲所爱的人想这么细、这么远，让人真正感受到什么是"珍重再见"：你要为我，我也要为你而爱惜自己。

李白有一句诗说："桃花潭水深千尺，不及汪伦送我情。"与王维的《渭城曲》同样写友谊的真厚，一个是那样活泼奔放，一个是那样温婉含蓄。诗的滋味真是够人玩索不已啊！

王维还有两首题为《送别》的诗，也很受大家的喜爱，现在一并把它们抄录下来。

送君南浦泪如丝，君向东州使我悲。

为报故人憔悴尽，如今不似洛阳时。

——之一

下马饮君酒，问君何所之？

君言不得意，归卧南山陲。

但去莫复问，白云无尽时。

——之二

71

竹里馆

独坐幽篁里，弹琴复长啸。

深林人不知，明月来相照。

【语译】

我独自坐在一片幽微清静的竹林里，时而冥思，时而弹琴，兴致来了，长长地呼啸几声。

在这深邃得几乎与世隔绝的林子里，恐怕没有人知道有一个我存在这儿吧？只有那自来自去的明月，静静地映照着我。

【赏析】

王维晚年隐居在蓝田辋川（今陕西蓝田县西南二十里）的别墅，里面有二十景，"竹里馆"为其中的一景。这首诗表面上看来，当然是属于写景的作品，不过，经由物与我、主观与客观的交并结构，它所呈现出来的，就不仅止于写景，而是包含了作者思想、情感和经验的境界。

"独坐"的"独"点出诗人面对外在客观环境时，所醒觉的一种对立、孤独感。"幽篁"的"幽"形容四围情境的幽深寂静。内与外、我与物的双重沉寂，砌成一片深重的孤绝来。

第二句的"弹琴复长啸"，撕裂了上一句所筑就的沉静氛围，犹如千军万马奔腾而出，跃现了诗人内心强烈的苦闷情绪。于是，他只好借着实际行为——乐理的"琴"和生理的"啸"——的宣泄，来净化自己为尘俗所扰的心灵。

六朝时竹林七贤之一的嵇康，在他的《琴赋序》里说："（音声）可以导养神气，宣和情志。处穷独而不闷者，莫近于音声也。"

音乐是直接诉诸心灵感性的艺术，它在传递、抒泄情意之余，更能使作者和听者慢慢滋润和谐温厚的心绪。诗人通过美妙的琴音，为的是"感荡心志而发泄幽情"（嵇康《琴赋》）。可是，弹琴似乎并不能够完全涤除他心情的躁郁不安，所以，诗人反求原始本能，彻底地用生理的"长啸"来提升自我，超脱困境。成公绥的《啸赋》说得好：

> 若乃游崇岗，陵景山，临岩侧，望流川，坐盘石，漱清泉。藉皋兰之猗靡，荫修竹之蝉蜎。乃吟咏而发散，声络绎而响连，舒蓄思之悱愤，奋久结之缠绵，心涤荡而无累，志离俗而飘然。

对于一度迷失自我、苦闷焦虑的王维来说，当他本能地长啸时，四周幽静竹林的阵阵回响，或许将使他豁然感知自我存在的事实，进而肯定自己在天地间的价值。

这首诗的时间应该是连续性的，从大约黄昏直到月上东山的时刻；它的空间，则是竹里馆里里外外所连成的一大片竹林。因为时间的流动移转，自然会造成视觉上景观的不同，所以，从"篁"（竹）而到"林"，视域是扩展了，感兴也拓深了——在第一句里，诗人与外在世界是处于对立状态的：他醒觉自我的清独，正置身于孤高幽静的竹林天地里。到了第二句的"弹琴复长啸"，显现出诗人透经具象的行动来作心灵境况的引渡。而第三句"深林人不知",正暗示着诗人将要融入外在世界的可能性,他已经逐渐把固粘在"我"的苦闷焦点挪移开去。"深林"一方面描述诗人透视竹林的平面到它的内里,另一方面也拓展了诗人的心灵境界;深了,广了。"人不知"三个字的意味已经不是"怨愤",而是即使"人不知",即使寂天寞地,只要心境平和、温润,空灵自然会洋溢心田。

王维有一位极相知的道友裴迪,他也写过一首咏《竹里馆》的诗:

> 来过竹里馆,日与道相亲。
> 出入惟山鸟,幽深无世人。

正说明了"无世人""人不知"的安详,是来自于"与道相亲"的结果。这个"道"不必一定是什么了不得的"大道",不妨看它是一种天地自然的真性,人和它相亲了、契合了,就会觉得和谐可亲。

王维在《过卢四员外宅看饭僧共题》里写过:

> 不须愁日暮,自有一灯然。

我们看得出他所向往追求的,是形而上的逍遥自在,而不是人间物象的拘泥执着。

《竹里馆》叙述的是诗人在向道的历程里,所悟识到的一份智慧的喜悦啊!

岑参

（天宝三年，公元 744 年，进士及第，

约卒于代宗大历年间）

　　与高适同开盛唐时歌咏边塞征战的诗风，被誉为"边塞诗人"的岑参，很遗憾的，到现在我们还不能确定他的生卒年月。只知道他是河南南阳（今河南邓州市）人，早年孤贫，很用功读书，天宝三年（744）登进士第，当过参军、评事、监察御史。后来随封常清的军队到西域，出掌安西节度使判官，任过虢州长史、侍御史、关西节度判官。以后虽也曾经回朝廷任职，但是，他一生大半的岁月都在边塞度过。他离开关西后，当了嘉州刺史，所以，大家又称他为"岑嘉州"。晚年到蜀地，依附杜鸿渐，最后就死在他乡。

　　由于生活本身的历练，使得岑参擅长运用乐府歌谣，描写西域的风沙冰雪、胡笳琵琶，以及沙场征战的疾苦、壮士怀旧的乡愁，充满着豪迈但悲壮的气格。虽然早在《诗经》时代，已经不乏描述战争离乱之苦的作品，但是，由于四言诗的形式限制，以致在表达上趋于含蓄委婉；不像高适、岑参他们大力挣脱诗在格律方面的范围，采用最活泼泼奔放的乐府歌行体裁，刻述最雄浑豪放的襟怀，使得盛唐时期的边塞诗，仿若是中国传统诗风里的一声平地春雷，袒呈唐时征战凄苦的一面侧影。开此风气之先的高、

岑，在我国的诗歌园地里，绽放出无比炫目的奇光异彩。

【作品】

西过渭州见渭水思秦川

渭水东流去，何时到雍州？
凭添两行泪，寄向故园流。

【语译】

异地他乡的渭水，汩汩地往东边流去，什么时候它才会流到雍州呢？

在路过渭州的途中，我凝望着渭水，心里念着长安以东的秦川，不知不觉间两行清泪沿腮而下，但愿寄托渭水，向着我的家园流去。

【赏析】

有人说，思念和距离的平方成反比。当我们由于种种无可抗拒的因素，而必须朝着一个与家园相反的方向奔去时，那是一种何等的心情！

有人家的地方就有水源，有水源的地方就容易让人联想家乡。诗人策马西行，路过渭州，望见渭水，偏偏渭水是往东流的，而东方恰是欲归不能归的故园的方向。渭水东流，何时到雍州，划出了一片渺远的时空之隔。更何况反其道西行的诗人，要何时才到得了雍州？

诗人问"渭水"，渭水以汩汩之声作答。有很多天地间的事情不一定有答案，即使有，也不见得叫人心满意足。诗人心里是极清楚不过的，他的问渭水，其实问的是天地。他也知道，除了看似无情的渭水（天地）能负载他的悲愁之外，在看似有情的人间，有谁能够？所以，他要流泪，哭无情天地？抑或哭有情苍生？

在流离颠沛的世代里，在冷暖世情的人间中，能够流泪的总比枯涩的、忘了泪水的，来得暖和、体贴。岑参是个久征沙场的诗人，塞外的风沙和血腥并没有僵冷他那副温热的心肠，因此，他向渭水寄托两行清泪，殷殷切切地想流回家去。——把"心"长长远远地牵挂在那最喜爱、最眷恋的地方。

水给人的感觉多半是丰情柔婉的，它既化身为自然天地的江流海洋，也贮伏在人类的心理境域中，可以说原是同质共感的。而这首诗，也就是从头到尾以"水"和"泪"的意象，经由"流"的动作，渲染出一片哀感动人的氛围。

【作品】

逢入京使

故园东望路漫漫，双袖龙钟泪不干。

马上相逢无纸笔，凭君传语报平安。

【语译】

往东边极目望去，老家是在山迢水远的路的尽头。想到伤心处，我的泪水就一直滚滚下来，两只袖子也好像承载不住这股悲情，显得凄怆不堪。

没想到，我却在他乡异地跟您碰面了，仓促间也没有纸笔，只望您回乡去后，传报给我的亲人我平安的消息。

【赏析】

盛唐的边塞诗人岑参，他的才华正和他的情感一样的横溢，一样深远辽阔。由于职务（或许也是命运）上的需要，他一生大半的岁月都在边塞度过。

《唐才子传》说他"累佐戎幕，往来鞍马风尘间十余载，极征行离别之情"。这个客观的现实环境，的确对他在诗作方面的影响极大，陶铸了他那豪迈雄放的气格，像《白雪歌送武判官归京》《胡笳歌送颜真卿赴河陇》《走马川行奉送封大夫出师西征》《凉州馆中与诸判官夜集》等作品，在我国的诗歌史上都颇具特色和分量，大家也喜欢拿这种浑宕气势来论定他的作品，如清朝施补华的《岘佣说诗》就说岑参的七言诗"劲骨奇异，如霜天一鹗"。这种评论就他大部分的诗的格调而论是不错的；但是，这首《逢入京使》，却好比是在满眼繁花怒放的纷华中，一枝清芬独秀的蓓蕾。

很多时候，人的际遇似乎是处在一种冥冥中的被动里，并不是人不想作顺心遂意的自我主宰，而是人间世的多变不见得由得了人。岑参的"累佐戎幕，驰骋风尘"，固然是他"大丈夫当如是"的一种生命力的表现，封侯拜相即使能满足他的万丈雄心，但是，如果这辉赫的功名是建立在遥远的风沙漫天的西塞，他必须（不管自愿或非自愿的）为此而长久远离他的亲人、爱人与故园，恐怕在海市蜃楼如实似虚的功名背后，将簇拥着诗人多少不足为外人道的悲辛！

这股矛盾的悲情既已先潜伏在诗人的心灵中，那么，短时间内，无论如何，他是无法冲越这层现实的困境。也因此，诗一开始，他就有无比辛酸、无奈的认定：

故园东望路漫漫

在这个时间、这个地域，故园无疑是不可望的，但是他要望，不仅要望，而且还要执着地去望，望的结果是"路漫漫"，这本是诗人内心早已默识了的，但他仍然甘受煎熬（虽九死其犹未悔的屈子的情操，岂不是一再地映现在许多崇高的生命里吗）。"漫漫"指陈空间的辽远，同时也明示出如此辽阔的空间距离，势必经由长久的时间之旅。这双重的迫挤，终于使一身傲骨、满怀热血的诗人，忍不住地：

双袖龙钟泪不干

英雄是有泪不轻弹的，岑参是不是英雄呢？最最起码，他曾有过这样的自我期许和肯定：

……
将军金甲夜不脱，半夜军行戈相拨，风头如刀面如割。
马毛带雪汗气蒸，五花连钱旋作冰……
虏骑闻之应胆慑，料知短兵不敢接……
                           ——《走马川行奉送封大夫出师西征》

勇猛如斯的诗人，当他紧紧面对敌人时是无暇也不肯落泪的。只有当虏骑散去，班师回营之后，故园之思像一波波怒涨的潮水，强烈地侵蚀着他内心的涯岸时，他再也禁不住了，放情地奔流那久已涸封的泪水，让它流成溪流成河流成海吧！在这里，英雄再不跟泪水绝缘，他浸润在汪洋的泪海中，"刚"与"柔"的质素作了最完美的汇合。

　　"龙钟"原指潦倒笨累的样子，它意味深永地夹处在"双袖"和"泪不干"之间。"双袖"是以部分代全体，指的是诗人，当然包括了他的身和心。猛然我们会联想到：诗人老迈了吗？是实质上的还是心灵上的呢？因为泪水的纵横不已，使得双袖左擦右揉的负荷显得极沉重，诗人看起来亦愈显其"老态龙钟"了。而诗人"涕泗横集""老态龙钟"的情貌，的确强化了"英雄泪"的悲辛气氛。

　　原来，诗人泪水的溃决，除了远因外，尚有最大的近因。那就是：

　　马上相逢无纸笔

　　诗人在偏远的异地遇到了即将回到中原的友人！"他乡遇故知"本是人生四大乐事之一，诗人却在瞬间的喜悦之后，立即落入了悲愁的深渊里。

　　滂沱的泪水是为了故园的路漫漫，也是为了他乡偶逢故知的喜悦，更是为了现在无法与友人共回故园而流。迫在眉睫、绵延无尽的未来，毕竟是无可掌握的未知啊！既然没有充裕的时间来叙旧，彼此又是马上相逢，即将擦身而过，诗人在这个紧迫的时间夹缝里，首先闪过脑海的，自然是捎封家书回去，可是，转念一想，目下没有纸笔，"无纸笔"三个字的背后，隐含多少造化弄人的伤感，"纸"和"笔"原是举手可得的日常东西！那思家念家爱家望家的万千情怀，一时之间，叫他从何说起？又如何说得尽？诗人本来被绞缠在剧烈的哀凄里，但刹那间，他洞识了理性和感情的价值与作用，终于道出一句看起来再平常不过的话：

凭君传语报平安

我们仿佛看见一张满是风霜的泪脸，终于坚强地把不能干的泪水拭了去。与其让想他盼他的亲人为他忧心牵挂，不如把孤独和苦闷深埋心底，自我咀嚼，而把平安的信息留给他们。因为在他还不能投向家园之前，亲人最放心不下的就是这个啊！

唯其能写"君不见，走马川行雪海边，平沙莽莽黄入天。轮台九月风夜吼，一川碎石大如斗，随风满地石乱走"的岑参，方能写"马上相逢无纸笔，凭君传语报平安"；也唯有奇峰突起的诗人，方能浅淡自然。饱受沧桑的岑参，在刹那间的定静里，终究悟识了"平安"在实际生活中的意义和价值。

【附录】

碛中作

走马西来欲到天，辞家见月两回圆。

今夜不知何处宿？平沙万里绝人烟。

王之涣

（盛唐边塞诗人）

以《凉州词》（又名《出塞》）和《登鹳雀楼》两首名作享誉千古的王之涣，是盛唐的边塞诗人之一，他是并州（今山西太原）人，确切的生卒年不详。他年轻的时候，喜欢和一些五陵少年交往，把酒论剑，傲啸狂歌，生命中洋溢着一股豪气侠情。中年时才走向科举功名的路子，遍谒当时的名贵。天宝年间，和王昌龄、郑昈、崔国辅往来唱和，一时声名大噪。

可惜的是，王之涣的诗作大多亡佚，现在流传下来的只有《全唐诗》收存的六首绝句。王之涣虽不以量见长，但在质的方面，足可使他在中国诗史上占一席之地了。

【作品】

登鹳雀楼

白日依山尽，黄河入海流。

欲穷千里目，更上一层楼。

【语译】

登上鹳雀楼，可以望见那浑亮饱满的夕阳，正依恋在山的尽头，慢慢地沉落消失了；再往下望去，滔滔滚滚的黄河，正头也不回地奔向大海。

如果我们想要看得更高更远，那就得奋力爬上更高的一层楼去呢!

【赏析】

边塞诗的风格，大抵雄迈豪放，以气势取胜。且有极坚韧的生命活力、锲而不舍的奋斗精神。这首《登鹳雀楼》古今传诵不绝，除了诗的本身涵容了上述的因素外，还加上它以极平浅、极简单的句子，传达出一种深远、辽阔、生生不息的人生情调来。

一开始，整个诗的画面便向无尽的天地展开。

白日 依山尽
黄河 入海流

诗人透过两眼，便把夐（xiòng）辽的宇宙天地纳入胸中。白日依山而尽是西下，黄河入海而流是东往，一东一西，指向极限，展出永恒。观照如此浩瀚的天地景象后，是不是会使人在"逝者如斯，不舍昼夜"的咏叹之余，生出一种"生也有涯"的个体渺微感呢？

白日再怎么灿丽，终有依山而尽的时刻，但是它能在止息之后，再度跃升（当黎明到来）；而人的一生，面对永恒的、依旧在的青山，又能历经几度的夕阳红？

然而，生命形式的最终了结即使操诸天命，生命的内容质素却是可以操诸自我的，人类自我意志的抉择和实际亢奋的生命行动，正可以使我们在沉怆的"生"里，迸发出五彩缤纷的光泽，印证出人类的无比尊严，刻绘下人性中最高贵的品质来。

所以，诗人用双关的语意，来达陈他的生命情调之抉择：

欲穷千里目
更上一层楼

除非自甘于褊狭与凡庸，否则，人是必须有一种渴知山之外、海之外，乃至全天地全人生事物的生命冲动。光是冲动的意念还不够，还得将之化入实际的作为中：挪动双脚，目极千里。这个生命的动作是持续不已的，从外在的自然现象，到内在识域的提升；由目前的困境超拔出来，进一步提升到另一层境界，而境界，是永无止境的。"欲穷"与"更上"是一种多么坚定的生活态度，一种多么可贵的生命情操。

朱熹在《观书有感》里曾经这么说：

半亩方塘一鉴开，天光云影共徘徊。
问渠那得清如许？为有源头活水来。

让生命在有限的岁月里，不断展现出青春的质素，任何一个尽头何尝不是另一个起点？生命本身特具的沉怆，又如何吞没得了创造与超越所带来的喜悦呢？

【作品】

凉州词

黄河远上白云间，一片孤城万仞山。

羌笛何须怨杨柳？春风不度玉门关。

【语译】

远远望过去，黄河从山上奔流而下，仿佛萦回在苍天云海之间。孤单的凉州城（今甘肃武威县）矗立在千万丈的群山环抱中。

羌笛，何必一再吹奏那惹人怨的杨柳曲呢？和煦的春风是怎么也吹不到荒凉的玉门关（今甘肃敦煌市西）的。

【赏析】

在景象上，从黄河的源头（昆仑山）写起，就好比从内心最深最原始的点抒怀起。一开场便是一片浩荡的苍天茫河：

黄河远上白云间

黄河之水本来不会往上流，"上"其实表示黄河"是在上面"。由于"上"字的灵活运用，使人觉得黄河一直向上流到白云中间去了。同样写黄河的风貌，李白的《将进酒》是这样的："君不见，黄河之水天上来，奔流到海不复回。"前者取景角度由下而上，后者由上而下，视觉作用不尽相同，一表悠远无尽，一表澎湃奔腾，但是，它们所产生的文学效果则不分轩轾。

而人呢？面对着苍天茫地，执守着孤高傲岸的诗人正是处在：

一片孤城万仞山

置身于鬼斧神工的大自然面前的人类，其渺小与孤绝感，从"一""孤"与"万"的对比下呈现。"城"是人类在地面上的建筑，而"山"则是造化无比宏伟的创塑，以万仞参差的自然山峦围塞住人为孤单的城落，不仅映射了人与自然在对立下所产生的困独，甚且象征着突越不了的万重乡愁。"沙"的荒漠性或"河"的悠远性，和"山"的阻绝性，整个联袂而来，彻底凸显了人所面临的客观情境之困绝。

而诗人内在主观的情愫又是如何？——

羌笛何须怨杨柳？春风不度玉门关。

疑问和否定常常传达出更深切的激情，写得好的话，能够使人透过这层激怨，进一步去体会它内里的悲旷和豁然。李白《春夜洛城闻笛》诗云："此夜曲中闻折柳，何人不起故园情。"写的是一种比较坦白正面的思乡情怀，凄凉里带着舒柔。而"羌笛何须怨杨柳？春风不度玉门关"，就是从反面、委曲处落笔，由疑问而坚决的否定，似乎更让人体味出那一往无悔的情操。

"羌笛"一词传达出异地边关的一派胡人风情，相对的也诉说着自家汉乐的不可闻、不得闻。如果吹奏的是诗人不解的胡儿歌，或许倒还能略免乡愁直接的侵袭，可是，偏偏充塞在耳内心中的是内地折柳赠别的曲子，叫人感觉既亲切又伤心。这支曲子好比一只魔幻的巨掌，将诗人推回过去，推向他出关前的故园。当他沉湎在以往虚幻的时空里时，也许曲子突然中止了，那只巨灵之掌又将他攫回眼前活生生的酷寒现实中。于是，在时空交错的幻觉过后，诗人再度面临理性的觉醒：关内的春风怎么度得了那黄沙蔽天的玉门关呢？没有春风的吹拂，又哪来依依新绿的杨柳？

此处的"杨柳"立意双关，造境极佳，从听到《折杨柳》赠别的曲子，经由诗人的联想成为物象的杨柳，以及遍生杨柳的故园——昔我往矣，杨柳依依——如今呢？

"怨"字将"杨柳"作一无可如何的归咎，对杨柳的爱怜想望转而成怨尤、悲怆，是很自然的感情流露。"羌笛何须怨"表面上是理智胜利了，诗人冷静明智地说明"春风不度玉门关"的事实，提供了羌笛无须怨的知性态度。在这段感情与理性的对立挣扎下，是否化解了诗人的满腔愁绪？

当然，"春风"也可以看成是君王恩泽的象征，"春风不度玉门关"是说君恩达不到塞外。戍边的士卒们等于被遗忘的人群，既然如此，又何必吹奏《折杨柳》的曲子，来徒增伤感？

王昌龄

（698—765）

唐朝开元、天宝年间，诗坛上才子辈出，除了王维、李白、杜甫，还有一位七绝诗的代表作家王昌龄，他拥有"诗天子"的美誉。

王昌龄和李白是好朋友，年龄相仿。他曾中进士和博学宏词科，才学显然不在当世文人之下，可是他也不幸是"才命两相妨"的儒生。传说他由于行为浪漫、不拘细节，曾被贬到湘西边境去做龙标尉，所以世称王龙标。李白听说他受贬，写了一首诗遥寄给他：

杨花落尽子规啼，闻道龙标过五溪。
我寄愁心与明月，随君直到夜郎西。

从这首诗看来，他们的交情是不错的。

到底贬谪多久我们不能确定，只晓得大约天宝乱起，王昌龄就辗转回归故乡（一说南京，一说京兆）。在江宁时，他也因吟诗出了名，人家就称他"王江宁"。江宁刺史闾丘晓嫉妒他的才华，想尽办法把他谋害了。后来闾丘晓也因犯了军令被处死。

王昌龄七绝的内容以宫情和边塞诗最为出色，像《闺怨》《长信秋词》《出塞》《从军行》都是不可多得的杰作。

【作品】

出塞

秦时明月汉时关，万里长征人未还。

但使龙城飞将在，不教胡马度阴山。

【语译】

秦朝时候的明月依然俯照着大地，汉代所筑的关塞也仍旧森严地矗立着。可是，却见不到远征万里之外的人回来。

想那龙城的飞将军李广啊！要是你还在的话，怎教那胡儿的马骑跨过我们阴山的背脊呢？

【赏析】

开元、天宝年间，文治武功备极一时之盛。玄宗甚好边功，与吐蕃、突厥、契丹等征战不止。不少当时的诗人文士，或佐戎幕，或镇边邑，于是异地景致、战争场面、生民疾苦、英雄豪情，尽入吟咏。这首《出塞》，属于鼓吹曲辞（乃古时军中所用的乐歌），是典型的边塞诗之一，它传达出诗人对战争的复杂感受，低沉与亢奋的气调此起彼落，融塑出生命的辛酸与庄严。

"秦时明月汉时关"，短短七个字，已经铺陈出一幅历史的沧桑图，这座沉默但坚毅的边城，曾经秦月汉月的映照，而今又到了唐代，明月仍然抚慰、映照着无数征夫的血泪情怀。明月看来，古今如一，边城孤耸，苍凉依旧，可是那一批批远征的人们，却是"由来征战地，不见有人还"（李白《关山月》），尤其甚者，竟是"可怜无定河边骨，犹是春闺梦里人"（陈陶《陇西行》）。而眼看这出人生离乱的悲剧方兴未艾，沉痛的历史尚且在不断地重演中，诗人的愤激已经逐渐达到饱和状态，产生一种极大的张力。

在重重的郁愤围堵中，诗人力图冲越困境，以求宣泄与提升，乃借着语言文字拟改历史命运——"但使龙城飞将在，不教胡马度阴山。"龙城果尔尚存，可是骁勇善战的飞将军呢？如果他还在的话，当他看见千里黄沙中，万马奔腾越阴山而南下的胡骑，该是多么的震怒啊！可是现在，他不在了，听不到"万里长征人未还"的心声。飞将军的不能重生（难觅）加深了现实情况的沉痛，这个与现实人生极度相违的假设，岂不正倾诉了一种最无奈的伤感？不止于此，"不教胡马度阴山"，更痛陈出极深刻的战争情绪。光读字面的表层意义，我们可以感受到英雄主义的壮烈色彩。其实，只要我们再细入一层去研索"但使……不教"的虚拟句法，同时别忘了起首两句的主要含义，我们或许能从壮彩中瞥见阴索，激亢中会出感伤——就算无数的李广再生，又如何能彻底解除人性中好争、好斗、好战的本能？这些习性一日不解，人间将永无宁日啊！

明代的李攀龙曾以这首《出塞》为唐人绝句压卷之作，实际上，它历来的评价也一直很高。撇开此诗技巧、意境上的成就不说，是否毋宁以为诗人透视历史与人性的感怀，更让人低回不已呢？

【作品】

闺怨

闺中少妇不知愁，春日凝妆上翠楼。

忽见陌头杨柳色，悔教夫婿觅封侯。

【语译】

深闺里的少妇啊！从来不晓得什么叫作忧愁。在某一个暖柔的春天里，她把自己刻意装扮了一番，趁着明媚的春光登上翠丽的楼阁去远眺。

这么一细望，陡然瞥见路边、田垄上，尽是杨柳依依的春色，不觉间想起远在他乡求功名的夫君，一股悔怨之感缓缓爬上心头。

【赏析】

王昌龄的这首《闺怨》，把闺中少妇的情愁，刻摹得极为动人。明明主题是"怨"，是"愁"，可是，诗人偏偏选择一个截然相反的角度落笔——不知愁，这在诗的技巧上，叫作"反起"。反起往往比明起更易讨好，主要是由于它们所造成的突兀感。

沉浸在醄馨的情爱中的少妇，是根本不能理解忧愁之为何物的。她的不能"知解"愁，正因为青嫩的岁月里有所爱所亲的人相守。等到丈夫负笈他乡去博取利禄功名（当初想必也是经由她的首肯，否则不太可能在他走后还有心情"凝妆"的——"岂无膏沐，谁适为容？"），刚开始时，或许对荣华富贵的渴盼追索，会暂时冲淡离情的苦楚。慢慢地，秋去春来，眼看春草年年绿，陌头的柳色又依依，良辰美景到此刻徒惹人起"奈何天"之感。"杨柳"一向是离别的象征，由杨柳而想到分别，再联想到昔日与他共处时的蜜爱浓情……她不由得沉思：他不在，春天也就不成其为春天了！那么，如此刻意的盛装又有什么意义呢？这时，她猛然醒觉：这一切所必须付出的代价竟然是青春的虚度、空闺的独守。"遥远"的浮名怎慰藉得了"目下"一颗寂寂的春心？

末了两句："忽见陌头杨柳色，悔教夫婿觅封侯"，在一片烂漫春光中，由于"忽见"的具象行动，加上"悔教"的抽象沉思，不但使整个画面产生跃动柔丽之感，更且渗入一股淡微的哀愁。

《闺怨》一诗，以"不知愁"为始，却以"解愁"为终。天地四时可以周而复始，古今万物莫不始卒若环，可是，如果泥于一己之一生时，怎能不为"年年岁岁花相似，岁岁年年人不同"而生无限的唏嘘，不尽的怅惘？——女儿家的青春究竟熬得了多少离别的愁怆？即使丈夫（或爱人）功成名就，是否仍恩爱如昔？仍愿相伴相守？万一功名不就，万事成灰呢？"悔"之一字，道尽多少俗情中人千回百转之惆怅。

【作品】

长信秋词

奉帚平明金殿开，且将团扇共徘徊。
玉颜不及寒鸦色，犹带昭阳日影来。

【语译】

天色微明，长信殿华丽的门打开了，我默默地拿着扫把洒扫庭台。边想着自己的不如意，不觉拿起长伴身边的团扇，在孤寂中徘徊着。

冷不防从东边飞来一只黑暗的乌鸦，惹痛心底的创痕。忍不住叹息道：莫非我如玉一般的容颜比不上那嘎嘎而鸣的寒鸦？否则为何我如团扇被弃，而它还能自由自在，飞进飞出昭阳殿，尚且带来一片刺目惊心的日影来呢？

【赏析】

这首《长信秋词》（一题《长信怨》）和《闺怨》虽异曲，但却同工，对爱情受挫的女性的心理摹描，细致宛曲已极。

白居易《后宫词》云：

雨露由来一点恩，争能遍布及千门。
三千宫女胭脂面，几个春来无泪痕。

说出了许多宫女共有的悲怨凄凉。汉成帝本来很喜欢"美而能文"的班婕妤，可是，堪称一代尤物的飞燕、合德姐妹一出现，立刻就把班婕妤逼向冷暗的爱情死角。对于汉成帝那样纵欲的君王，"色"的诱引原本强过"德"的敦化。明慧的班婕妤一定对此有极深的识悟，因而感觉到所有的情爱已恍若云烟，所以主动要求退居长信宫，侍奉太后。一个理性而沉痛的抉择！

我们心灵的境域，超越净化往往只呈点或线的出现，罕现全面或整体。诗人对这个似是体认知来的，因此，诗中的"她"在远离成帝的恩宠后，是否就水波不兴呢？很难，势必万草千花、坠露金风，都会惹起往日的回忆，牵动一发不可止的愁肠。于是，诗人乃设身处地，将这份情感加以捕捉，给予文学化、艺术化，使所有人间的悲愁不仅留下照象，甚且使人因感动而戚戚，由戚戚而宣舒，经宣舒而和缓敦厚。

"团"字本具有圆满、和悦的象征，"扇"字则带有一种悲凉的意味。班婕妤《怨歌行》云：

> 新裂齐纨素，皎洁如霜雪。
> 裁为合欢扇，团团似明月。
> 出入君怀袖，动摇微风发。
> 常恐秋节至，凉飚夺炎热。
> 弃捐箧笥中，恩情中道绝。

很清楚地，婕妤以扇自比。而"且将团扇共徘徊"用的就是《怨歌行》的辞意，"团扇"的命运正扣合了人的命运。团扇的价值主要是取决于外在的因素，一个必须因男人的恩宠而肯定自己的女人，又何尝不是？所以，秋扇的见捐，班婕妤的失宠，不只是狭隘的个人悲运而已，可以广而推之，为所有无法肯定自己生命意义的人之共同悲运。

三、四两句，不直写对方的忘情，反而以自伤的口吻，唤出一片无可如何的有情天地来：

> 玉颜不及寒鸦色，犹带昭阳日影来。

——是了，一定是我的姿颜太平庸，连来自您那的新宠寒鸦都比不上吧？否则，您看看，每当破晓时分，那自由来去的寒鸦啊，哪一只不是从昭阳殿里披戴出满身的辉彩？而我这儿，是被阳光遗忘了的黑暗之乡。"玉颜"胜过"寒鸦"何止千万倍，将两者颠倒叙论（其实应该是寒鸦不及玉颜色），给人在突兀中惊觉其悲怆之深沉。不唯道尽两性间爱情变化时的凄怆，甚而隐喻了人世里浮沉的万般沧桑。

【作品】

芙蓉楼送辛渐

寒雨连江夜入吴，平明送客楚山孤。

洛阳亲友如相问，一片冰心在玉壶。

【语译】

昨晚，我从洛阳来到吴地（今江苏镇江市），只见满江寒雨，动人心魂。天才破晓，我又得在芙蓉楼送别好友辛渐。他一走，令人感到此地的楚山也孤独起来。

他将到洛阳去，如果那儿的亲友问起我的消息，麻烦请告诉他们，我此刻的心境清莹明洁，好像一块素冰放在玉壶中呢。

【赏析】

"寒雨连江夜入吴"七个字融汇了时间、场景和情绪，诗意醇饱。"寒雨连江"好比画家的千钧劲笔，往画布上倾力一挥，景境全出。诗人是在一个凄寒的雨夜里，从遥远的洛阳来到镇江。

他的入吴，正与冷雨联袂而至。"寒""雨""江""夜"烘托出一片阴冷、愁惨的氛围；其中的动词连缀甚佳，"连"江的寒雨，"入"夜的吴地，同时暗示着诗人心境的灰暗肃沉。

深更半夜才到异地的诗人，在寒雨凄风中不太容易入梦，好不容易天亮了。"天亮"本应意味着愁惨逐渐离去，可是，接着来的"客中送客"的感受，却又逼使孤寂重回，黯然再生。所以，诗人用旁笔点出送客之后的心情——楚山"孤"。楚山为什么给人孤独感呢？当然是透过满心萧索的诗人的观照才会这样的。

孤独感往往也能给人带来静持，诗人在检视自己孤独之来源——由于不矜细节，从汜水尉被贬为龙标尉后，他能再度从人事的沧桑中超拔出来。所以，他告诉好友辛渐，要是洛阳亲友因为关怀他而沉郁悲愤，问起他在江南的情况时，那么，断断地告诉他们吧！我是如同：

一片冰心在玉壶

一方面是请亲友们放心，他的心境已经平静下来；一方面拿"冰"的清、"玉"的洁，来象征自己不苟合于俗的情操。心态如冰，独处玉壶，正是孤独感的最佳泉源，我们仿佛在一片冰清玉洁中，望见了一颗漠视红尘、踽踽向道而行的坚心。

李白《过眉州象耳山留题于石壁上》云：

夜来月下卧醒，花影零乱，满人襟袖，疑如濯魄于冰壶也。

一样地呈露出一份超然的意境。可见诗人敏锐的触须，常常会伸展向同一的境域，甚或有极相似的表达外相。

【附录】

从军行

青海长云暗雪山，孤城遥望玉门关。

黄沙百战穿金甲，不破楼兰终不还。

西宫秋怨

芙蓉不及美人妆，水殿风来珠翠香。

却恨含情掩秋扇，空悬明月待君王。

王翰

（唐睿宗时期诗人）

　　王翰的生卒年现在已无法查考，我们对他的了解很有限。只知道他字子羽，是并州晋阳（今山西太原）人。唐睿宗景云元年（710）曾经考上进士。张说当宰相时，曾召他担任秘书正字，擢通书舍人，驾部员外郎。

　　张说一旦下台，王翰也跟着受贬为汝州长史，再徙仙州别驾，后来贬为道州司马。未至道州而卒于途中。卒年，据今人傅璇琮所考，约在开元中。

【作品】

凉州词

葡萄美酒夜光杯，欲饮琵琶马上催。

醉卧沙场君莫笑，古来征战几人回？

【语译】

　　白玉铸成的夜光杯啊，盛满了甜浆似的葡萄美酒。我多么想举杯痛饮哪，却听见琵琶声声催促，催促我快快上马去出征。

　　醉眼迷离中，即使我倒卧在战火连天的沙场上，请你也别取笑我啊！想想再想想，长古以来征战的人儿，有几个是平安归来的呢？

【赏析】

这也是一首以战争为主题的作品，充满着既浪漫又伤感的格调，是盛唐边塞诗杰作之一

"葡萄美酒"与"夜光杯"均为西域的奇珍异产，酒味香醇，色泽似白玉的夜光杯晶莹中透出浅浅的紫，在这么一片声光味色的美感世界里，令人整个心魂似乎慢慢浸入微醺的醉意中，铺伸出极宛致的氛围来。

面对如此的一个酒境，愁也罢，喜也罢，暂时以酒力离脱锐厉现实的鞭笞，悠悠徜徉于想象迷离的天地，谁不想呢？可是，正想纵怀豪饮的诗人，却被声声催征的琵琶声辗断了浓浓的乡怨与情愁，狠狠地将他拉回黄沙漫天的现境里，赤裸裸地再去面临人类永无休止的征战场面。

你一定忍不住要笑起来啊，当你看着我在刀光剑影里，蹒跚着我的步履和心情；当你在漫天飞舞的黄沙中，分不清我的灵魂是因酒意醉倒，抑是在剑戟的挥斩、马蹄的凌踏下，而告别我的肉躯时，请你不要尽笑下去吧！你所不期然而发出的嘲弄，它将永远回荡在血泪的历史甬道里哪！

我已经分不清醉与醒、死与生的边界了；我再也无能于武勇或卑懦，爱欲或恶憎，陷溺或超越了。在逐渐侵袭过来，逐渐取代清明的恍惚迷离之中，我的一双醉眼，依稀瞥见历史的巨灵，黯然地吟哦着：

古来征战几人回？

古来征战几人回？

……

是的，我们在那慢慢扩大也慢慢淡化了的笑纹里，仿佛听见，悠悠不绝的怆然之音，凌越时空，劈面而来：

君不见，青海头，古来白骨无人收？新鬼烦冤旧鬼哭，天阴雨湿声啾啾。（杜甫《兵车行》）

再怎么壮烈、怎么理直的战争，它所饱含的荣耀还是免不了和血泪一样多啊！王翰的这首《凉州词》，化感伤入柔丽，融悲凉于笑弄。他所欲达诉的，也许是一将功成的荣贵富傲背后的无限辛酸，以及孤渺的个人在命运安置下的无助感吧。

常建

（唐开元年间人）

才高位卑的文人在历史的洪流里，多如过江之鲫。常建也是其中之一，他的生年和卒年，我们现在已经无从确定了。只晓得他在开元年间曾中进士，大历年间做过盱眙尉，从此，就再也没有在俗世的繁华富贵里露面了。

他的诗篇带有田园的自然风味，其中往往富于禅机，好比"山光悦鸟性，潭影空人心"（《题破山寺后禅院》），很能呈现出他澄明的心志与超逸的性灵。

《全唐诗》小传说他："初发通庄，却寻野径，百里之外，方归大道。其旨远，其兴僻，佳句辄来。"应该不是溢美的话。

现在就让我们感觉的触须，随着这位旨远兴僻的诗人，伸向另一个清灵的世界，再从那个天地里回视我们喧嚷华丽的烟火人间吧！

【作品】

题破山寺后禅院

清晨入古寺，初日照高林。

竹径通幽处，禅房花木深。

山光悦鸟性，潭影空人心。

万籁此俱寂，惟余钟磬音。

【语译】

大清早，我走进一座破山寺（即江苏常熟市虞山兴福寺），高广的树林筛下缕缕阳光。

一路上绿竹夹径，蜿蜒向一片幽静的浓花密木中，隐约看见禅房深藏其间。

耀眼的山光似乎使得鸟儿们喜悦不已，叫那清澈的潭水映照着，不觉使人心境空明起来。

我驻足谛听，只觉万籁寂寂，偶尔传来几声钟磬声，把祥静给轻轻拂开了。

【赏析】

庄子有一回去看梁惠王，身上穿一件带补绽的破麻衣，脚上着一双连鞋带都没有的草鞋。梁惠王一见，大吃一惊，就说：

"先生，你怎么这样潦倒呢？"

庄子听了，回答道：

"我只听说人有了道德不去实行，那才是潦倒；衣服旧了、鞋子破了，怎么叫潦倒呢？"

是了，常建的这首诗题目里头，就带着那么一股怪味道，俗人眼中的"破"山寺，在常建的眼中看来，心上会着，"破"的意义又该如何？也许，我们从破落的表象读出来的确是沧桑，可是，我们无妨更进一层去想：没有华丽，哪来的沧桑？——"残破"从某一个层次而言，何尝不意味着一种内在的坚执与完美？

正当芸芸众生一日之"计"在于晨的时刻，诗人却无所"计"算地去访古寺，从一座既古又破的寺庙，引发出连续不竭的禅机妙意来。"清"和"初"意味着宇宙万物始卒若环的新生点，"古"与"高"更烘托出一片广豁恒远的气氛。正因诗人怀着一颗空旷的心，所以，他能立即"入"乎浩广的天地里。

接着，诗人把广袤空寥的场景，逐渐缩小到通引幽处的"竹径"和花木阴深的"禅房"。他所赖以导引的，全然不是人间的物事，而是自然生发的绿竹，惟有"真"才能成为"真"的导航。而"禅房"也已经被没入自然的景致中，成了百草千花的一部分，"禅房"坐落在盎然生意的浓林密花间。

"山光"和"潭影"是无为的自然本色，"鸟性"与"人心"相对之下，不免有为造意，其间的"悦"和"空"沟通了彼此的质性，化解了其间的扞格。鸟性因山光的触动而欢悦，人心因潭影的澄照而空明。呵，原来万物万事莫不相对互存互持，主客也非一成不变之界定呢！

在一片灵光的意境里，诗人的笔触慢慢从视觉意象转向听觉意象（其实，仍旧属于一连串的心理活动）：

万籁此俱寂，惟余钟磬音。

万籁所以俱寂，无妨把它看成诗人的心沉寂平和，七情消弭，六欲不入。在这样的自我观照下，整个境界就只余悠扬回绕的钟磬声，渗入自然的时空，诗人的"我"也逐渐混融其中。

读到这里，我们恍如置身在遥远的彼岸，清冷地谛视着我们一向翻滚其间的、充满是非对立的烟尘滚滚的人间。

【附录】

宿王昌龄隐居

清溪深不测，隐处惟孤云。

松际露微月，清光犹为君。

茅亭宿花影，药院滋苔纹。

余亦谢时去，西山鸾鹤群。

崔颢

（？—754）

一提起崔颢，就叫人想起他那首与李白诗歌齐名的《黄鹤楼》，有了这首作品，崔颢在文学史上就得以不朽了。

崔颢是汴州（今河南开封市）人，开元十一年（723）进士，天宝年间担任尚书司勋员外郎。他也是一个颇有才气但不矜细行的人。年轻时写了不少浮艳轻佻的诗作，上了年纪后，改变极大，作品常有一股悲沉之气。他擅于写戎旅之情、塞垣之景，是边塞诗歌的名家。

相传他游武昌，登上黄鹤楼，感触满怀，写成这首绝唱。后来，李白也路过此地，原想题诗，一看到崔颢的作品，叹了一口气，说道："眼前有景道不得，崔颢题诗在上头。"就此作罢了。

下面我们就来欣赏这首令"诗仙"也敬佩的《黄鹤楼》吧！

【作品】

黄鹤楼

昔人已乘黄鹤去，此地空余黄鹤楼。

黄鹤一去不复返，白云千载空悠悠。

晴川历历汉阳树，芳草萋萋鹦鹉洲。

日暮乡关何处是？烟波江上使人愁。

【语译】

传说很久以前，有位仙人（费文祎）曾经乘着黄鹤在这里休息，后来又飞走了，就只剩下这座空荡荡的黄鹤楼。

飞走了的黄鹤再也没有回来，几百年几千年的悠悠岁月都过去了，只见那变幻不定的白云依旧在这里盘桓着。

晴天下的江水清澈极了，亮丽地映照着汉阳一带的树林。浓绿的芳草铺满了长江里的鹦鹉洲。

暮色苍茫中，我极目四眺，可是老家在哪儿呢？江面上弥漫的烟波渐渐浓起来，将我卷入一片乡愁中。

【赏析】

文学作品常以昔、今之对比，来触动人的情思。这首作品一开始就断然割分昔今，剖出想象与现实间的鸿沟：

昔人已乘黄鹤去，此地空余黄鹤楼。

这里有一则美丽的神话故事流传着，可是，它已经湮没在时间的巨流里。唯一让人追念怀想的凭据是"黄鹤楼"，但是"黄鹤楼"已经没有了"黄鹤"，它的存在岂不是一种尖锐的反讽？"空余"两个字真叫人不由得触发满心的怅然若失。

时间，像是变幻莫测的巨灵，它有时排山倒海，有时却是聚沙成塔，无论它采取何种姿态来传诉自己的神威，人类在它的掌心里永远只是过客。

神话也好，历史也好；痴爱也罢，贪嗔也罢；原先的一切不再复返——除了悠悠千载的白云，谁能是见证者呢？无所不在的天，漠然俯视着所有的不平哀屈、美丽丑陋、公理正义，它们被蹂躏、被扳平，再被蹂躏、再被扳平……永无休止。

处身在"过去"与"现在"，"现在"与"未来"的夹缝里，谁能豁免对逍遥自在、纵身永恒——跨鹤而去——的追求与想望？"黄鹤"意象的一再出现，一则流露出诗人内心不能已的那份迫切，一则反衬出理想世界落空后的怅惘。王勃《秋日登洪府滕王阁饯别诗》云：

闲云潭影日悠悠，物换星移几度秋。
阁中帝子今何在？槛外长江空自流！

似乎可以拿来咀嚼品味。

从"过去"的想象世界走出，诗人再度落实即临的世界，眼前好一片：

晴川历历汉阳树，芳草萋萋鹦鹉洲。

原来"现在"如此美好！可是行色匆匆的生之旅呵，多少人有余裕来赏惜它？人间世里头大概很多人有"良辰美景奈何天，赏心乐事谁家院"的体验吧？

韩愈被贬潮州，历经千山万水的困厄时，曾经写下极动人的乡愁：

云横秦岭家何在？雪拥蓝关马不前！

　　所以，不管外在的景致、人事是美好或艰苦，人在面临或投身其中时，总会触动绵缠无尽的乡愁。崔颢望见一片美景而联想到家乡，可是在苍茫的暮色里，连乡关何处都叫人分辨不清，江上的烟波又造成处境上的绝缘，怎能使人不愁！

　　再者，末了两句，在时间上也已经从"现在"导向"未来"，"未来"的不可识知，正如沉沉暮霭中的乡关，风烟弥漫里的江面。

　　忘记谁这么说（写）过的："有乡愁的人还是幸福，因为他们有植根的所在啊！至于那连乡愁亦不知为何物的人，从哪儿诉起呢？"

【附录】

长干行

君家何处住？妾住在横塘。

停船暂借问，或恐是同乡。

李颀

（唐天宝年间人）

李颀是东川（今四川三台县）人，确切的生卒年不详。玄宗开元十三年（725）中了进士，作过新乡县尉，但并没有青云直上，他性情放旷，不喜欢周旋酬酢，来往的朋友有王昌龄、刘方平、綦毋潜这些人。

李颀的诗作极富情感，气格不俗，七言古诗和五言、七言律诗都写得不错，细细读来，颇有宛曲之味。

【作品】

送魏万之京

朝闻游子唱离歌，昨夜微霜初渡河。

鸿雁不堪愁里听，云山况是客中过。

关城树色催寒近，御苑砧声向晚多。

莫见长安行乐处，空令岁月易蹉跎。

【语译】

昨天夜里下起一层薄薄的秋霜，今天早晨，就听到将要渡过黄河远去京城的你，轻轻唱起了骊歌。

在离别的哀愁中，怎叫人忍心谛听鸿雁的啼声？何况，你在孤寂的旅途上，又要越过绵亘不尽的云山。

你行近函谷关时，想那附近的树木都已披上一层寒色，仿佛催促着严冬的脚步快快到来。傍晚时分，当你进入宏伟的京城，一定会听到许多赶制冬衣的捣衣声吧？

好友呵，千万不要只见长安是寻欢作乐的所在，它是很容易使人虚掷岁月的呀！

【赏析】

这首作品是写给一个到繁华绵丽的京都去的朋友，有一种寓于平淡的殷殷之情。

朝闻游子唱离歌，昨夜微霜初渡河。

以秋天的霜寒，衬托出离别的伤感。在轻缓的节奏里，我们仿佛感受到一股依依不舍，这股不舍之情化成了设身处地的体贴：

鸿雁不堪愁里听，云山况是客中过。

所谓相知，也就在于为自己所喜欢的人分忧担愁。当诗人想象着朋友的客旅之愁时，其实，他自己已深陷其中了。就像王维的《渭城曲》：

劝君更尽一杯酒，西出阳关无故人。

劝君何尝不是劝自己？替朋友想其"无故人"的孤单，又何尝不是说的自己？

诗人虽然不是跟朋友比肩同行，可是满怀的关切却使得他能超越时间、空间的阻隔，以精神的力量窥见：

关城树色催寒近，御苑砧声向晚多。

形体的隔离怎能阻挡精神的系连？一步步都是体念，一声声都是祝福。诗人想着好友的行程，测度他到长安时该是怎样的暮色秋寒，不是真正有情，怎能如此深宛细致？不是真正经验，怎知关爱为何物？

末了两句，更见疼顾好友的胸怀，虽然写得很平常，却很能勾动我们心中的那个结：

莫见长安行乐处，空令岁月易蹉跎。

李白说："桃花潭水深千尺，不及汪伦送我情。"魏万读了李欣的这首诗，想必在一天秋寒里，将涌起满怀温馨之情吧？想想，有人这样关注自己，在崎岖的人生路上，该是多难得的扶持力量啊！

古从军行

白日登山望烽火，黄昏饮马傍交河。

行人刁斗风沙暗，公主琵琶幽怨多。

野云万里无城郭，雨雪纷纷连大漠。

胡雁哀鸣夜夜飞，胡儿眼泪双双落。

闻道玉门犹被遮，应将性命逐轻车。

年年战骨埋荒外，空见葡萄入汉家。

李白

（701—762）

如果把中国古典诗歌的世界比成浩瀚的苍穹，那么，李白就是其中最灿丽的一颗明星。他集神仙、剑侠、酒客、诗人多种性情于一身，才华横溢、狂放不群、博学洒逸；也因为这样，使得这一位道教徒的诗人，一生在现实里痛苦不堪，挣扎不已。

李白的籍贯令人扑朔迷离，历来有四种说法：一、陇西成纪；二、金陵；三、山东；四、四川。这当中第一种说法没有充分的证据，不足为信。第二种说法，是根据他的《上安州裴长史书》中所提到的，不过金陵可能是金城（在今甘肃天水附近，也就是陇西成纪）之误。第三种说法，是根据杜甫"近来海内有长句，汝与山东李白好"（《简薛华醉歌》），但是山东在唐代是函谷关以东的通称，此说也不足信。至于第四种说法，李白五岁时，家人搬到四川，定居在绵州，他从五岁到二十五岁这段时间一直住在绵州，过着读书与学剑的生活，故此说较合情理也较可信。但这也只能说是他的第二故乡，对于他五岁以前（出生地）的住处，他自己忌讳不提，可能有难言之隐。此外倒也有人推论李白的色目、高鼻是具有胡人血统呢。

开元八年（720），苏颋为益州刺史，李白曾经在路上投刺拜见。苏颋常在同僚的面前，大为赞赏年方二十却已锋芒毕露的李白说："这位年轻人才情超奇，稍加一些学识的底子，足可比美汉朝的司马相如。"

李白虽然得到苏氏的赏识，但并没有立刻攀权附贵，反而，跟着逸人东岩子隐居在岷山修道，好几年都不到城市里去。

大约在二十五岁的时候，李白静极思动，"仗剑去国，辞亲远游"，自负"大丈夫必有四方之志"，于是他"遍干诸侯，历抵卿相"。《早发白帝城》一诗，就是这种雄姿英发的写照。

在安陆时，李白娶了唐高宗时左相许圉师的孙女，一住就是十年的光阴。在鲁中，李白曾和孔巢父、韩准、裴政、张叔明、陶沔这些人隐居在徂徕山竹溪，当时的好事者，称呼他们为"竹溪六逸"。

天宝元年（742），李白四十二岁，云游会稽，和道士吴筠一起住在剡中。刚好吴筠奉召赴京城，李白陪着他到长安。才到长安，贺知章读了他的《蜀道难》，大为激赏，赞叹说："这可是天上贬谪下凡的神仙呀！"

时来运转，唐玄宗也知道了李白，很赏爱他的诗才，诏命他供奉翰林，专掌密命。李白生性嗜酒，给文学史上留下不少浪漫的典故。杜甫的《饮中八仙》诗曾经说道：

李白斗酒诗百篇，长安市上酒家眠。
天子呼来不上船，自称臣是酒中仙。

更相传李白醉酒，有"龙巾拭吐，御手调羹，力士脱靴，贵妃捧砚"的种种殊宠，可见，在长安的这段日子里，李白的生命充满了五彩缤纷、极尽人间的缛丽荣宠。

李白因诗才而受宠，竟也因诗才而蹇困。天宝三年，玄宗与贵妃在沉香亭赏花宴饮，下诏李白赋诗，李白倾其才情而成《清平调》三章，其中有一句"借问汉宫谁得似？可怜飞燕倚新妆"，李白的意思是说整个汉宫里的美女，有谁比得上当今的贵妃呢？只有那媚丽可人的赵飞燕新妆刚成，勉强可以一比罢了。可是，由于高力士早已对李白衔隙在心，马上抓住机会，指摘其中赵飞燕的事来激怒贵妃（飞燕姐妹一向被认为是亡汉的祸水），李白大受排挤，只好黯然离开长安，再度过着浪迹四方的日子。

其实，玄宗召李白入京，也不过是以"倡优蓄之"罢了。他固然欣赏李白在文学方面的才情，但是，他所寄望于李白的只是替他写些歌功颂德、游欢助兴的诗篇，而不是积极地参与政事。所以，初到长安的李白，原本满怀入世的热忱，虽曾得意过，等到真相大白时，他的心情却是非常痛苦的。想想自己"为君谈笑静胡沙"的远大抱负，竟沦落为一介"弄臣清客"的下场，怎不教他愤郁心酸？

离开长安以后，他先去投靠从祖陈留采访使李彦允，又请求北海高天师授道箓于齐州紫极宫。从此，他浮游四方，像漂泊的浮萍，北边到过古时的燕、赵旧地，南方羁旅淮水、泗水，西至洛阳，再入会稽，最后隐居在庐山。

天宝十五年（756），安禄山乱起，玄宗仓促奔蜀，肃宗即位于灵武。玄宗的第十六个儿子永王李璘，以父在蜀城，兄在灵武，便想拥兵自立，于是率领大军东下。李白在宣州拜见，遂入永王幕府，这是诗人李白人生抉择的一大转折点。后来，永王兵败，李白差点送命，幸得郭子仪鼎力相救，才得长流夜郎，这年是乾元元年（758），隔年秋天，李白刚到巫山，中途遇赦得释，又回到浔阳。

宝应元年（762），李白往依从叔当涂令李阳冰，大约在十一月，因为饮酒过度而死。历来有关太白捞月而死的凄美传说，想是附会于旷世诗仙的浪漫联想罢了。

杜甫对李白了解得很深刻，他曾经有一首《赠李白》的诗这样写着：

秋来相顾尚飘蓬，未就丹砂愧葛洪。
痛饮狂歌空度日，飞扬跋扈为谁雄？

把李白的双重痛苦——想出世追求神仙而落空，想入世博取功名却失望——给揭开了。

我们从李白整个生命的轨迹来看，似乎豪放飘逸、狂傲不羁只是他的外表，很可能他的内在世界是充满着无告的悲辛和愀怆。

【作品】

玉阶怨

玉阶生白露，夜久侵罗袜。
却下水晶帘，玲珑望秋月。

玉石般光滑的台阶上沾满了深秋的白露，夜色已浓，她站在这儿沉思静待，渐渐地，脚上的罗袜竟给露水渗湿了。

后来，她终于放下水晶帘子进房去，心伤失望之余，忍不住又从帘子的缝隙去窥视那玲珑的秋月。

【赏析】

这是一首精致细腻的闺怨诗。

由于意象的巧妙内聚，使这首诗染上幽静宛柔的气氛。但它的幽柔却是从一串连续的动态所烘托出来的：由玉阶"生"白露，到白露更深"侵"罗袜，再从放"下"水晶帘，到痴"望"秋月，使得诗思的发展有一种意想不到的细美。

"玉阶生白露"虽属客观环境的描写（空间是玉阶，时间是生白露），同时也暗示诗中人物期盼的专注与入神，既有迫切之情，复具含蓄之意。

"夜久侵罗袜"，显然立宵风露中的是一位陷入情爱深渊的女郎，她罗袜的被"侵"湿，正传诉出无比痴挚的一往情深。由于罗袜的湿而醒觉到更已深、夜已阑，又猛然认知躯体（足）的寒冷。为什么寒冷呢？当然是缘于他不在身旁的孤单——情怀上的孤单。

也许，像这样"玉阶生白露，夜久侵罗袜"的情痴体验，她已经一再经历，而每回总是让失望、伤感占满了心房。所以，无可如何之中，她只好从台阶上踱回室内，轻轻把水晶帘放下以抵挡夜寒的侵袭，似乎也是在理性地告诉自己：算了吧！等什么呢？

所以，下了帘子的她不但无法合眼入梦，反而，睁起一双幽柔似水、凄迷如雾的明眸，痴痴地望向那同时映照着自己想望的人的明月。由下而上，由近而远，由外而里，由浅而深的"望"字啊！真是写活了魂牵梦萦、提不起、放不下的爱情俘虏的心声。

除了以上所谈的之外，这首《玉阶怨》还有一个极大极好的特点，那就是色泽的空灵优美。"玉"阶、"白"露、"罗"袜、"水晶"帘、"明"月都带着莹亮皎洁、柔细温婉、如梦似真的况味。李白把这些精致的意象，融入深邃的感情，透过最精粹的文字的处理，于是成就了这首令人爱不忍释的闺怨杰作。

李白还有一首《怨情》，感情的基调虽一样，但是，读起来就没有《玉阶怨》那么灵秀动人，现在把它附录于此，以便比较欣赏：

美人卷珠帘，深坐蹙蛾眉。

但见泪痕湿，不知心恨谁？

【作品】

静夜思

床前明月光，疑是地上霜。

举头望明月，低头思故乡。

【语译】

明月的光芒洒满了我的床前，我不禁怀疑会不会是寒地上的秋霜呢？

118

这副光景，触动我内心的情思。抬起头来，只见明月当空高悬，清幽而亮洁，低下头来，只觉满怀的乡愁浪涌而至。

【赏析】

这首诗达诉了李白为着乡愁一夜萦怀，踌躇月下的情景。

"床前"指出诗人所处的一个狭小空间，"明月光"借月光点示时间。第二句，"疑是地上霜"是由于"明月光"而引起的联想。把床前铺洒的月光，直觉为秋夜的霜华，这种美妙的移情，正缘于"月光"与"霜"在视觉、触觉上的相似性。夜阑人静，明月照床，入门各自媚的芸芸众生正酣游梦境，而满怀清冷的诗人竟因此而怵目惊心，直以为"秋风萧瑟天气凉，草木摇落露为霜"，这个看似无心无意的错误，何其凄美！

把"明月光"直觉为"秋霜"，只不过是短暂的错误而已。诗人本能地循"霜"（光）溯源，原来竟是天上的明月。明月虽迢遥，但可望，家乡呢？壅隔不能望不可即。从"举头"到"低头"梭织着诗人多少繁复的意绪——由"月亮"的形象而"故乡"的种种系念，诗人是浸沉在"剪不断，理还乱"的无边乡愁里了。

从"床前明月光"到"疑是地上霜"，视觉上由"外在"转向"内在"；从"举头望明月"到"低头思故乡"，则是由"外在"转向"内在"的心理动作。这一连串紧凑、层层逼入的过程，将整首诗的氛围推向一个饱和点，缘此而悠远无尽。

当然，李白在这首诗中所表现的是一种普遍的情绪，人，尤其是独在异乡为异客的人，突然在月光下醒觉到自己正置身于复辽无际的空间里，那种空阔无依的寒冷与彷徨频频侵袭，叫人情不自禁地想起了止泊的归所——故乡。这种心理上的转折变化是尽人皆有的，但是，倘若我们回想一下李白的身世，是那样如谜似雾的不可究知，不仅史书语焉不详，就连他本人也避讳不言。因此，"故乡"对一般人而言，起码还是可以落实指望的一个目标，然而，对李白来说，却是充满着迷惘、可想而不可即的理想罢了。透过这层了解，也许可以让我们认识到这位诗仙的悲剧心灵吧。

【作品】

早发白帝城

朝辞白帝彩云间，千里江陵一日还。

两岸猿声啼不住，轻舟已过万重山。

【语译】

清晨，辞别了彩云缭绕的白帝城（故址在今四川奉节县东白帝山），搭船顺流东下，大约一天的工夫，便可到达千里以外的江陵（今湖北江陵县）。

沿途三峡两岸的猿猴不断啼叫着，尽管它们叫得那么哀苦，由于水势湍急，也挽不住任何行舟。不知不觉中，顺着一泻千里的水流，轻快的小舟已奔过万重的山峦。

【赏析】

这首诗大约写于开元十三年（725），是李白二十五岁时的作品。表面上看来，毫无疑问的，是一首旅游记趣的诗，深入一点去品索，恐怕意境、情怀都别有洞天。

整首诗节奏明快，声音奔放。"朝辞白帝彩云间"，把白帝城地势的高峻与江面上的水流和船速同时托出。早晨离开白帝城，才登船不久，猛一回头，白帝城已没入云霞缭绕之中了。"千里江陵一日还"，透过"千里"与"一日"的对比，着笔船行的快速，充溢着澎湃的热情。接着"两岸猿声啼不住"，景象转移，刚才的明快一变而为一片阴郁，原来是高山峡谷里传来阵阵的猿啼，陡地扭转了诗人注意的焦点：畅速的船程凄厉的猿啼。此时但感空谷传响，猿声、峻岭与流速，混合凸塑出令人屏息紧张的情境。最后，"轻舟已过万重山"，笔力千钧劈开暗沌，重新提起高昂轻快的情调，船像锐箭飞驰一般，瞬息千里，奔越万重山峦，顿觉豁然开朗，滞涩全消。

"朝辞白帝彩云间"的"朝"字，不但点出时间，也意味着雄姿英发的年华，就在这生命中最富豪情侠气的时光，李白"仗剑去国，辞亲远游"，开始踏上人生的旅途。故舟中流，回望白帝城，不见故乡唯见彩云，"彩云"把他的故乡烘染成一片神仙世界，一处自己生长了二十五年的人间胜地。如今，他怀抱着"大丈夫必有四方之志"的雄心，毅然告辞这美丽的地方，向人生的远景启程。

"千里江陵一日还"，推展出人生远景的偌大空间，理想的江陵，他的目的地乃在迢迢的千里之外啊！而"抚剑夜吟啸，雄心日千里"的李白，有着浩荡雄傲的信心，完全肯定自己人生的理想是可期的。看他纵身骇浪惊涛中——千里之外的江陵，似乎意味着人生的某些标的，对他来说，只要愿意、只要付得起代价，有什么是达不到的呢？"一日还"透露出何等超拔的自负感！

"两岸猿声啼不住"，描述航程所面临的忧郁与凄哀。这种气氛来自外在景物的感染：视觉上，"两岸连天，略无阙处，重岩叠嶂，隐天蔽日"（《水经·江水注》），予人一种逼迫的阴郁感；听觉上，"林寒涧肃，常有高猿长啸，属引凄异，空谷传响，哀转久绝"（同上），更给人一种绵绵不尽的凄哀感。如此双重的描述，使沿着三峡的水程浸染出忧郁滞涩的氛围。而这，不也正象征着人生旅途中不可避免的坎坷吗？

"轻舟已过万重山"，流溢出李白狂放不羁的本性来，经历过万水千山的曲折，终于得以把障碍的象征——"万重山"抛到背后，直奔想望的标的——"江陵"。

人生理想的追索过程，往往充满着不足为外人道的怵目惊心，酸楚之后的悦愉，饱满后的虚空，大死一番的再活。所以，如果我们愿意从生命的普遍基调出发，来细读李白的这首作品，该会有另一种人生况味的识悟吧！

【作品】

敬亭独坐

众鸟高飞尽，孤云独去闲。

相看两不厌，只有敬亭山。

【语译】

看来所有的鸟儿都已经飞走了，眼前一朵孤单的云独来独往，甚是悠闲。

我一个人坐在这里，也不晓得过了多久的时光，只觉得对面的敬亭山，愈看愈亲切，好像彼此有了灵契，一点不觉厌腻呢！

【赏析】

很有趣的是，诗中名句之所以流传久远，往往由于具有极素朴亲切的面貌。

李白的这首《敬亭独坐》正符合这个要求，任何人一旦过目，如同他的那首《静夜思》一样，便没有办法把它忘掉，即使无意萦怀，它就像一朵开在人心深处的小花，沉默地、恒久地绽放在那儿。

众鸟曾在这里飞翔、鸣啼，一片盎然生意。云朵忽东忽西、或聚或散，广瀚的苍穹也因而显得幻化多姿。可是，慢慢地，随着时光的消逝，景观改变了：众鸟已经飞的飞、走的走，扔下满山遍野的静寂。而天上原来熙来攘往的云们，竟也不知何时轻悄悄地散去，只见得天边残留一朵独自飘去的云，它看起来是悠悠闲闲地离开，一如它悠悠闲闲地来。人间聚散离合与盛衰荣枯的循环来去，岂不类似？诗人一定默坐许久了，而且也一定是孤独的一个人，没有人来聒噪他，他才会那么凝注于鸟的飞、云的去吧？

望着面前以"山"的形象兀然耸立的庞大静默，它绝不因外界环境的变动而改变什么，不为什么地昂然挺立、默默包容，它是那样地坚执，又是那样的谦卑。诗人从敬亭山的形象深入透视，霍然惊觉这一无比强巨之启示，终于直逼自己的内在世界。敬亭山仿佛拓影在诗人内心的平野，而诗人也似乎在敬亭山的瞳孔里发现了自己的造像。

深致的精神活动证明了它凌驾语言文字、浑同物我的能力。

经由静坐冥思的自省，李白惊视天地万物的原相，在孤独里品味着精神最高层次的融合和喜悦。所以，我们好比看见会心微笑的李白，自心原的最深最底处，缓缓吟哦道：

相看两不厌，只有敬亭山……

【作品】

送友人

青山横北郭，白水绕东城。

此地一为别，孤蓬万里征。

浮云游子意，落日故人情。

挥手自兹去，萧萧班马鸣。

【语译】

永恒的青山绵亘在北郭的外围，清澈的溪水绕过东边的城墙，缓缓流向远方。

在这么美丽的景致里，好友啊，我们即将分别，从此，你就要像那孤单的蓬草，漂泊远征于千里万里之外。

游子的行踪总像天上的浮云一般，飘忽不定，当你看到落日，定会想及我们的友情，就像它那样地依依不舍。

望着你挥手告别，身影渐去渐渺，只听得离群的马儿，哀哀地呼叫着。

【赏析】

不论古诗、新诗，其感人处总在于作品的本身蕴含有一份真挚的情感。李白的这首《送友人》，满含着温婉蕴藉之情。一开始点绘出送别地点的景象：

青山横北郭，白水绕东城。

"山"的长"青"正足以象征情的坚贞恒久，"水"的清"白"则可以象征情的纯洁深远。横亘在北郭外的"青"山，与汩汩绕流过东城边的"白"水，在色泽方面产生极鲜明的美感。而感觉上"青山"的静止（诗人静处据点送别）与"白水"的流动（形容友人的离去），所显映出来的对比（一静一动），更加深了离情别绪的深浓。接下来：

此地一为别，孤蓬万里征。

表露出诗人天真烂漫的心态，设身处地想着友人离去的情景，可以拿李颀的"鸿雁不堪愁里听，云山况是客中过"（《送魏万之京》）来对照，让我们深深感到，情之为物贵在相知，相知尤重相惜。"孤蓬"比喻友人有如蓬草之飘零不定，"万里"揭示友人所即临的遥远征途——正是"念去去、千里烟波，暮霭沉沉楚天阔"（柳永《雨霖铃》）。"孤蓬"和"万里"并举，对比强烈，益显出个人意志迎向冥冥命运的悲壮苍凉。诗人从自己内心深处出发去体贴朋友的心和身，再回到自己生命感触的核心来，笔墨间流现着一股愀怆的情调。

浮云游子意，落日故人情。

这里，"浮云"与"落日"的意象不仅展示了生动的韵味，甚且包含了双层的象征意义。"浮云"是自然界的片段景象，有可能指谗佞的人，李白曾有诗云："总为浮云能蔽日，长安不见使人愁！"(《登金陵凤凰台》)说的就是君子遭谗难归，在外流徙的愁惨境况。另者，浮云踪迹飘忽，来去莫测，岂不是游子之意？是以"浮云"又可象征"游子"。

至于"落日"，可能沿用陈后主乐府诗句："自君之出矣，尘网暗罗帷；思君如落日，无有暂还时。"朋友之间的别情好比落日西下，接着来的将是漫漫长夜，短期之内不能重聚。不过，落日将沉，徘徊西山，其恋恋不舍之情态也可用来象征故人之情。

"浮云"与"游子""落日"与"故人"的巧妙组合，真达到了所谓"诗情画意"的饱和点，无怪乎千古传诵，悠悠不绝。

千里遥送，终须一别：

挥手自兹去，萧萧班马鸣。

如果能像志摩一样——我挥一挥衣袖，不带走一片云彩——那该多好呢？可是挥一挥手，目送好友孤单地踏上征途，怎能挥断那不尽的牵挂？他的身影在暮色苍茫里是愈来愈小了，讲得出来的都已经讲过了，那讲不了的只好由它去，由它在心底生根、滋长、蔓延吧！故人走后的空间突然显得无比的空旷、凄怆，只听得离群的马匹萧萧地鸣叫着，一声一声在周遭空荡荡地回响。

我们还可以再举李白的一首诗，来品味他如何透过外在的自然景象，来反映自己内心深致的感受。《送孟浩然之广陵》：

> 故人西辞黄鹤楼，烟花三月下扬州。
> 孤帆远影碧空尽，唯见长江天际流。

【作品】

月下独酌

> 花间一壶酒，独酌无相亲。
> 举杯邀明月，对影成三人。
> 月既不解饮，影徒随我身。
> 暂伴月将影，行乐须及春。
> 我歌月徘徊，我舞影零乱。
> 醒时同交欢，醉后各分散。
> 永结无情游，相期邈云汉。

【语译】

我在丛花绿草间摆了一壶酒，自个儿酌自个儿饮，没有任何人来陪伴。

举起杯子，邀请天上的明月，对着自己摊在月下的影儿，竟也成了三个酒伴。

可是，月儿默默无语，不解酒中真趣，影子也只会紧随着我，没有什么感应。

明月和影子陪伴我的时光也不是恒久的，赏心乐事人生有几回？应当趁着大好春光率性体会啊！

喝了一会儿酒，兴致来了，我忍不住引吭而歌，明月在苍穹里缓缓徘徊。醉意中我竟舞动起来，只见自己的影子在月光下绰约零乱。

半醉半醒时，我和明月、影子其乐融融。等我真正醉入酒乡，它们也各自离我散去了。

我多么愿意和它们结为忘情人间的好友，在渺远的天河里相期相会，永远不要分离啊！

【赏析】

这首《月下独酌》不妨说它是酒后的神来之笔、任情纵性的率真之作。以极闹炙的笔触，写极萧索的悲情，莫此为甚了。

> 花间一壶酒，独酌无相亲。

诗人远离人群，投身花间酒域，原本为了独自和酒品尝孤独。他的"无相亲"有两重含义：一方面没有人主动来亲近他，一方面他也不想主动去亲近人。所以造成他孤独感的原因就在这里，世人总是不愿亲近落魄者，不管他有否才情，更不深究他之所以落难的原委，所有人间的俗情关系，仿佛都建立在一些表相的有形基础上。很少人能真正了解一颗超凡的心灵到底想的是什么，也很少人能真正体会到圣贤先知的真正痛苦所在——为俗世竭尽心力，反而换来的是不尽的诬蔑、误解或冷漠。几无例外的，具有超俗才情的人似乎都注定活在一片孤暗的天地里。集剑侠、诗仙、酒客、道教徒诸种生命情态于一身的李白，在稍稍品味电光石火的俗世华宠之后，不久即挥泪告别人间俗众的情怀，踽踽行入自我放逐的深渊中。

由于对人间情感的失意，使诗人移情于人间以外的世界，想要化解自己无可如何的孤寂，是以：

举杯邀明月，对影成三人。

多么可爱的奇思妙想，又是多么伤感的"情不情"的举动！在俗情了无可涉的丛花绿草间，"明月"与"影子"经由诗人多情的观照，竟成了解慰的良伴。

敏锐而清醒的心灵往往要历受最大最深的苦，李白好容易邀来了形骸以外的知己，一转眼，落身现实，又忍心把它推翻掉了。诗人不得不冷酷地唤醒自己：

月既不解饮，影徒随我身。

为什么不就把明月当成解饮的酒侣，将影子当成随身的密友？诗人最难堪的就是迷醉中无可遣除的清醒，醒了，好一片逼人的孤冷，好一团窒心的落寞。明月不解饮也罢，影子徒随身也罢，诗只要有"伴"，再不苛求灵性的对象了。人间的灵性已经够难觅，何况无声无息无意的物象？姑且，一切都是姑且将就啊——

暂伴月将影，行乐须及春。

所有的一切既然都不过如云烟之过眼，那么，在往日的荣耀无能重显的现在，就暂且掌握眼前的这个真真假假的美景良辰吧！明月的沉默与影子的痴静，比起熙攘的人群也自有它可以怜爱的地方，不是吗？

酒入愁肠的诗人，在逐渐加深加浓的醉意里，放歌尚且不足，更继而翩然起舞：

我歌月徘徊，我舞影零乱。

既没有俗众的听者与观者，更遑论解语会意的知音了。诗人在一片寂寥的天地间，载歌载舞，仿佛意欲歌尽人间的不平，舞罢满腔的激郁。有血有肉有知有感的人类竟浑然不知，花间酒域里歌舞着一颗滚烫悲怆的心灵？反而是不解情的明月，满怀不忍，跟着在浩瀚的苍穹里徘徊流连，倾听这位旷世才子的心声；无感的影儿，戚戚地在地上恋随着这位绝世侠客凌乱的步履！

醒时同交欢，醉后各分散。

醉态可掬的诗人，缘愁三千丈的李白啊，在醉与醒的边缘痛苦挣扎。他的"留连百壶饮"，为的是追索一个"涤荡千古愁"

的醉后天地，可是醉后的醒往往比醉之前的醒更令人彷徨，难堪。不过纯然的醒与纯然的醉之间，尚有一迷离的中间地带，在酒意将浓未深之际，透过想象移情，人与物之间仍存在着聊胜于无的"交欢"情态，可惜不能持久。等到滑入醉乡最底层的核心处，那就是全然无可逾越"分散"、全然无所用其情的漠漠寒世了。尽管如此，诗人还是"但愿长醉不愿醒"。

现实世界的酷冷令诗人寒透了心，缘于有情带来的痛苦是那样的无可消减，所以，透过诗中反反复复的生命情态的抉择，与忽醉忽醒、似幻如真的吟诉里，我们仿佛听见"霜天一鹗"般的孤绝之音：

永结无情游，相期邈云汉。

从渺远的时间与空间的那一端，悠悠传来，一个最入世、最有情的心灵，最后竟凄凄然亟欲奔向一片最出世、最无情的天地。可是，诚如杜甫《赠李白》一诗中所说的："秋来相顾尚飘蓬，未就丹砂愧葛洪"，李白积极入世的所得是寒秋飘蓬的悲辛，转赴出世的尝试又是成仙绝望的痛苦。他就在这样的矛盾里一点一滴摧折自己生命的意志，从诗里所流泻出来的豪旷逸乐，其实就是他内心深处悲郁愀怆的变调。"痛饮狂歌空度日"的李白啊，你"飞扬跋扈为谁雄"呢？

【作品】

登金陵凤凰台

凤凰台上凤凰游，凤去台空江自流。

吴宫花草埋幽径，晋代衣冠成古丘。

三山半落青天外，二水中分白鹭洲。

总为浮云能蔽日，长安不见使人愁。

【语译】

相传南京市南边的凤凰台，在南朝宋文帝时，有许多凤凰翔集在这里嬉戏。凤凰一只只飞走，整座楼台变成空荡荡的，只有滚滚的长江水，依旧在那儿不停地往东流。

三国时代吴国宫殿里的奇花异草，如今都已埋没在幽僻的野径里。东晋时显赫的王谢世家，而今也成累累的古坟。

从这儿望向西南方，有三座山峰昂然耸立，仿佛落在青天之外。长江被横处其中的白鹭洲，给分成两道滔滔的水流。

随处聚散的浮云总喜欢把明丽的太阳遮掩住，我望呀望的，总望不见想念中的长安，内心不禁涌起一股哀愁来。

【赏析】

传说崔颢写了一首《黄鹤楼》，后来李白路过武昌登黄鹤楼，原想题诗，看了崔作，大叹："眼前有景道不得，崔颢题诗在上头。"所以没有以《黄鹤楼》为题作诗，倒是触发他日后写《登金陵凤凰台》一诗的灵机。

132

凤凰台上凤凰游，凤去台空江自流。

　　诗人从登临凤凰台而联想到，曾经有许多凤凰翔集在此，那该是又纷闹又不失祥和的一幕景象啊！诗人的神思由即临的时空，投入历史的时空里，慢慢地，现实的利刃划开云游的想象之域，诗人再度从历史的深渊游回目前：

凤去
台空
江自流

　　三种景象，三个镜头（动静交融），经由想象的剪接，流映在眼前，引人感触渐深。美丽的往事也只如武陵的桃源，尽成想念中的过去，从历史里走进复走出，唯长江兀自流着，不由惊觉，原来长江在历史里，自己也在历史里。长江流走的是时间，更堆积成永恒不息的意义。江水见证凤来、凤去与台盈、台空的变化，如今又肃默地见证诗人面临时空流动所引生的悲感，世事人情的起灭兴衰，就这样永无休止地轮回上演着。崔颢写同样的感触，共用了四句诗：

昔人已乘黄鹤去，此地空余黄鹤楼。
黄鹤一去不复返，白云千载空悠悠。

姑且撇开优劣不论，至少，我们得承认，李白在时空的压缩上极尽心思。

诗人很清醒地意识到自己在时空里的点，就历史的洪流而言不过一滴小小的分子而已，透过这样的认知，他登临所见的景致，就再也不能只是浮面的物象了：

吴宫花草埋幽径，晋代衣冠成古丘。

在抚今追昔的感触下，眼前的花草被赋予吴宫的幻觉，衔接盛丽与衰瘁，统统埋入现在的幽径里，不复见其往日的繁华。一切都已然成为过去，原始察终，见衰观盛，徒增伤感罢了。晋代车马鼎盛、富贵无匹的王谢衣冠，都已经沉淀在历史的扉页间，眼前的古丘荒冢似乎在坚持着某种败落的辉煌。"吴宫花草"之所以埋"幽径"，"晋代衣冠"之所以成"古丘"，完完全全、彻彻底底是由于无所不能的时间的作用。昔与今，兴与亡，喜与悲，嗔与怒……加以对比，就免不了给人荒芜凄怆的感受。元马致远《拨不断》云：

布衣中，问英雄，王图霸业成何用！
禾黍高低六代宫，楸梧远近千官冢，一场恶梦。

也在传诉着千古一同的人生如梦的悲慨，正可以拿来落合李白这两句诗的涵旨。

点点滴滴的过去汇流成现在，*丝丝缕缕的现在即将串集成未*

来。诗人的感伤又浓厚又深重。诗人的惶惑与苦闷，正是许多具有历史感的心灵所共有的，他很知道历史充其量也只是一面镜子，人还是必须落实到当下的情境里来省察自己。

三山半落青天外，二水中分白鹭洲。

他点醒了自己到底身置何处，在这样广辽的空间里，无法避免的，便有"天高地迥，觉宇宙之无穷"（王勃《滕王阁序》）的体受。同是自然界的山水，经由不同人生经验的观照，可能感触就不一样了。崔颢看到"晴川历历汉阳树，芳草萋萋鹦鹉洲"的黄鹤楼周遭景致，他内心所引生的是"日暮乡关何处是，烟波江上使人愁"的浓浓乡情。而李白呢？当他忧伤地望着金陵山势的嵯峨、水象的秀丽时，自心底浮升而起的念头却是这样的：

总为浮云能蔽日，长安不见使人愁。

是不是因为他没有一个确切的、鲜明的"家"的方向呢？还是渴念长安强过了想家的意念呢？长安的不见本是基于地理遥隔的常理，但是，诗人在这儿把它说成是因为"浮云蔽日"的结果，看来这就不是单纯的"竭尽目力，牢牢远望，长安不见使我发愁"的意旨了。我们不妨同意"邪臣蔽贤，犹浮云之障日月"的传统比喻，那么浮云遮盖了太阳，所以长安才不见，也就使得李白迫切入世的忠君爱国情操整个凸显出来了。

【作品】

将进酒

君不见，黄河之水天上来，

奔流到海不复回。

君不见，高堂明镜悲白发，

朝如青丝暮成雪。

人生得意须尽欢，莫使金樽空对月。

天生我材必有用，千金散尽还复来。

烹羊宰牛且为乐，会须一饮三百杯。

岑夫子，丹丘生，将进酒，杯莫停。

与君歌一曲，请君为我倾耳听。

钟鼓馔玉不足贵，但愿长醉不愿醒。

古来圣贤皆寂寞，惟有饮者留其名。

陈王昔时宴平乐，斗酒十千恣欢谑。

主人何为言少钱？径须沽取对君酌。

五花马，千金裘，

呼儿将出换美酒，与尔同销万古愁。

【语译】

你难道没有看见，浩荡澎湃的黄河，从高高的云天倾泻下来，奔流到大海里，再也不曾回头过吗？

你难道没有看见，比我们老一辈的，从明镜中望见自己斑白的须发而悲伤，明明早上看来还是满头青丝，怎么薄暮时分都已

136

变成雪般的银发呢?

人生多苦多愁哪,难得快心称意,得意时就该尽情欢乐,对着皓月良辰,你怎忍心让金亮的酒杯空着呢?

上天既然赋予我这样的材质,就必定有让我一展所长的地方。成千上万的金子即使像水一般从我身边流走了,如果我肯努力去争取的话,它一定会再回来。

来啊!烹羊宰牛,畅怀享乐,应该一口气喝它个三百杯才过瘾。

岑夫子,丹丘生,喝呀喝呀,可不要把杯子放下来。来,来,来,让我来为大家唱一首歌,诸位可要用心听哪!

名宴华筵里的音乐与山珍海味,有啥了不起?我啊,但愿长久醉入梦乡,再也不要醒来。

古往今来的圣贤们啊,哪一个不寂寞?看来只有善饮的人才留名。

从前陈思王(曹植)在平乐寺广开筵席,大宴宾客,一斗酒价钱高达十千,他们还是了无挂意地纵情嬉谑笑闹。

今天我做主人的,怎么能说没有钱呢?干脆利落地与你们对酌个痛快啊!

五花色的好马儿,价值千金的狐皮裘,孩子们统统给我拿去换美酒,喝了美酒,好与诸位吞尽万古以来不易的悲愁啊!

【赏析】

李白这首《将进酒》,把豪放飘逸与悲怆痛苦的性情,表露得淋漓尽致。杜甫曾经说他"痛饮狂歌空度日,飞扬跋扈为谁雄"(《赠李白》),是对李白相当深入的察照,正可以作为我们品究这首诗的一个指引。

　　就诗的型构来看，《将进酒》是三、五、七杂言的古风，属于可歌唱的乐府诗。整首诗以七言句为主，中间杂以三言和五言。像这样在规律的诗行（七言）中，夹用短句（三言或五言），由于短音促节（单式句）的灵活运用，一方面使原本平衡匀称的节奏，顿然腾跃起来，造成很活泼的音韵美；另一方面形式带动内容，使得诗中情感极尽变幻纵横之能事。

　　首先，我们来看看李白生命里最敏感的核心部位，他以怎样的心态来见证生命的起动兴衰？为什么语调是那么的激越昂亢呢？

　　　君不见，黄河之水天上来，
　　　奔流到海不复回。
　　　君不见，高堂明镜悲白发，
　　　朝如青丝暮成雪。

　　这是两个平行的句子，由极突兀的呼告："君不见"，唤出极强剧的时间意识来。虽然，从巴颜喀拉山呼啸而下，涉越九省，奔涌入海的黄河，在这儿只是自然世界的一种动态现象，但是"不复回"三个字紧跟而来，则造成"逝者如斯，不舍昼夜"的时间觉识。

　　这样狂烈的呼告，显然，诗人认为一次是不够的，所以，他再以人自身形象的变化来戟刺，摇震大部分僵麻了的、钝冷了的心灵。你仗恃你看似永恒的青春吗？你错觉时间的威灵忽略了你吗？或者，你稚纯到时时以为来日方长。那么，请你看看自己左右的长辈，哪一个不在明镜之前为白发的贸然丛生而沉吟悲慨？有一天，你突然比较细意地端详自己，怵目惊心："不知明镜里，何处得秋霜？"如霜似雪的发丝，曾几何时没有招呼，更没有你的同意，就那样放肆地取代了你原本油亮的乌丝；星罗棋布般的皱纹就这样褪尽了你的玉颜。感觉上真是"朝""暮"之间的变化啊！

这就是时间的真相，那样的一种凛然不容抗辩的公平。曹丕的《典论·论文》说：

> 日月逝于上，体貌衰于下，忽然与万物迁化，斯志士之大痛也！

这个"痛"是千古如一的、无可遁逃的情境。既然如此，想避免时间的扑袭、吞噬，何不先牢牢地逮住它？把握稍纵即逝的光阴，每个人都可能有不同的、最适合自己的方法，透过这个让生活闪出火花，使生命呈现意义。在这个同情共感的时刻，长久在怆痛里翻滚的李白，达诉了他的生命态度：

> 人生得意须尽欢，莫使金樽空对月。

人生究竟熬不了几回的秋霜，称心惬意的人事物，往往只如浮光掠影，大家都有过"得意"的经验，不是吗？不持久的东西未必不好，好比"得意"，虽不耐久，只要它来时懂得尽欢，也不枉为人一场了。至于怎么尽欢，"酒"可是最体己的伴侣了，遣愁开怀总少不了它，李白说：

> 穷愁千万端，美酒三百杯。
> 愁多酒虽少，酒倾愁不来。
> 所以知酒圣，酒酣心自开。
>
> ——《月下独酌》四首之四

又说：

> 涤荡千古愁，留连百壶饮。
>
> ——《友人会宿》

原来"愁"与"酒"是这样的绵缠纠葛，也许，有时候酒能够使他自苦痛的深渊超拔出来，到达一个其乐陶陶的彼岸世界吧？像他在一首诗中所说的：

> 欢言得所憩，美酒聊共挥。
> 长歌吟松风，曲尽河星稀。
> 我醉君复乐，陶然共忘机。
>
> ——《下终南山过斛斯山人宿置酒》

但是，酒也有不能克尽厥职、无能为力的时候，君不闻：

抽刀断水水更流，举杯销愁愁更愁。

——《宣州谢朓楼饯别校书叔云》

即使如此，诗人还是不能忘情于酒，所以在《把酒问月》一诗中，我们听见李白如此吟唱着：

今人不见古时月，今月曾经照古人。
古人今人若流水，共看明月皆如此。
唯愿当歌对酒时，月光长照金樽里。

最能感知于"时间"之存在的，往往是敏情锐思的诗人。唯其透过"刹那即永恒，永恒即刹那"的觉知，他们才会那样迫切企图掌握稍纵即逝的时间，才会一再地强调"行乐须及春"的生命态度吧？

及时行乐固然不失为掌握人生的途径之一，但是，李白的心底并不是真正愿意如此，他何尝没有"大丈夫必有四方之志"的心情，所以，他很努力作一番自我肯定，表现出豪旷激扬的神采来：

天生我材必有用，千金散尽还复来。

人活着的意义之一便是尽量发挥自己的才干，"用"字的本身即是一种生命的喜悦和满足，有用而不用，何异于匏（páo）瓜空悬，井渫（xiè）莫食。"必"字传达了李白何其自负的期许。俗世之人所孜孜矻矻营聚的金银，在诗人的心目中，却是自有它的来去之道，"千金散尽还复来"，虽然可以现出李白不为物役的豪迈本色，但是，更深细去体味，仿佛依稀有一股落魄的辛酸在里头——李白是尝过千金散尽的滋味，他说"还复来"的心情很复杂，它不比"天生我材必有用"那般不容推翻的肯定，它本身含蓄着一种命运的因子，而命运不完全是站在人的同一边来体恤人的。

烹羊宰牛且为乐，会须一饮三百杯。
岑夫子，丹丘生，将进酒，杯莫停。
与君歌一曲，请君为我倾耳听。

毕竟，李白是这样的一个诗人：

马上相逢揖马鞭，客中相见客中怜。
欲邀击筑悲歌饮，正值倾家无酒钱。
　　　　　　　　——《醉后赠从甥高镇》

穷愁潦倒的诗人，即使心有余而力不足，当他一有机会与朋友相聚，当然要尽力及时行乐，而且要异乎寻常的享受。"烹羊宰牛"表示宴席的丰盛，"且"字点出此种宴席的难能可贵。姑不要去管它明日囊中羞涩与否，眼前可是有肉有酒，加上好友在座，人生中的赏心乐事也不过如此，所以，他殷勤致意：应该痛饮它三百杯！

"会须"传达了斩钉截铁的口气，"一饮"的"一"字表示一往无悔的执意，"三百"比喻多数，三百杯的酒量无非在展示那莫之与京的豪情。豪饮的李白曾经这样说过：

鸬鹚杓，鹦鹉杯。

百年三万六千日，一日须倾三百杯。

——《襄阳歌》

"三百"杯的酒量，正如"三千丈"的白发，只因缘愁似个多、似个长啊！那是诗人借具体有形的物象，来强化、渲染他内心抽象的苦闷情感。尽管文字表面多么的不合理性思维，我们读来还是忍不住地要喜欢，要共感同情，要为之低回默思不已！诗人之所以为诗人啊，就是他能精确地拨动我们心底处最细的那根弦，使古今多少锐敏的心灵超越了时空，在浩瀚的宇宙间交流互濡着。

许是酒逢知己千杯少吧！酒酣耳热之际，赤心热情的诗人频频呼叫："岑夫子！丹丘生！喝呀喝呀，可不能停杯哟。"谁能不为诗人的天真挚意所感动？向朋友劝酒的诗人，同时主要的也在向愁肠百结的自己劝酒开怀。酒，终于叩开了诗人平日深锁的心扉，他要唱歌了，当激越的情感在胸口膨胀至饱和时，歌唱正可以把它宣泄出来：

钟鼓馔玉不足贵，但愿长醉不愿醒。

"钟鼓"是古代宴会所奏的美妙音乐，属于听觉上的享受；"馔玉"是珍贵的菜肴，属于味觉上的感受，它们都是耳闻口味的终极追求，亦是人间富贵荣华的表征。这些俗众所经之营之、追之索之、死而后已的表层享乐，李白竟不屑一顾到以一句话：

"不足贵"，把它彻底给否定了。

那么诗人内心深处所渴求的是什么？——"但愿长醉不愿醒"——不是才说过"天生我材必有用"那样豪情万丈的话，怎么马上又悲怆沉郁成这个样子呢？自我的期许本属于理想的范畴，唐代的士子谁不以出将入相为人生最高的指标，剑侠型的诗人李白纵然满腹用世之意，时不我与又能如何？现实的扞格难协，使得诗人头破血流，满心创痕。生活中的清醒只给他带来永无休止的痛苦煎熬，面对现实令他情何以堪，有些他写过的诗句，叫人读来无限凄怆，如：

处世若大梦，胡为劳其生？
所以终日醉，颓然卧前楹。

——《春日醉起言志》

涤荡千古愁，留连百壶饮。
良宵宜清谈，皓月未能寝。
醉来卧空山，天地即衾枕。

——《友人会宿》

已闻清比圣，复道浊如贤。
贤圣既已饮，何必求神仙？
三杯通大道，一斗合自然。
但得醉中趣，勿为醒者传。

——《月下独酌》四首之二

三月咸阳城，千花昼如锦。

谁能春独愁，对此径须饮。

穷通与修短，造化夙所禀。

一樽齐死生，万事固难审。

醉后失天地，兀然就孤枕。

不知有吾身，此乐最为甚。

——《月下独酌》四首之三

原来他的嗜酒乃缘于无可告解的悲愁和孤独，通过"酒"的牵引扶携，使他"卧空山""枕天地""通大道""合自然""齐生死"，甚而朝着"涤荡千古愁"的境界游溯。

钟鼓馔玉的俗众物质生活既然不在诗人的眼里，我们很容易两极化地想到，那么，他内心里一定有希望冀贤的抱负了，他一定有提升自己为精神崇高人物的价值取向了。可是，没想到，李白啊，醉意泪影中竟然斩截地咬定：

古来圣贤皆寂寞，惟有饮者留其名。

他原来不是这样的，是什么缘故使他"抚长剑，一扬眉"（《扶风豪士歌》）、"纵死侠骨香，不惭世上英"（《侠客行》）的雄姿不见，"愿一佐明主"的钓鳌意识[①]消磨殆尽的？想到这里，我们固不免为天纵才情、欲济苍生的李白感到惋惜，同时更惊觉到人生实境里，竟有那么多无可扭转的不平与坎坷。一般众生之所以不能有激越的痛苦，是不是因着无法感受人生实相的内里呢？

145

他们所汲营的钟鼓馔玉在诗人深邃心灵的洞照下，与镜花水月没有丝毫的不同。而能够感受，甚或挺身以赴人间摧折困境，执守其镳而不舍之悲剧精神的圣贤，他们给自己留下的，除了寂寞，还有什么？跻身"真正"圣贤行列的唯一代价就是：永恒的寂寞②。在"古来圣贤皆寂寞"的吟唱里，我们触摸到李白由炽热而趋于冰冷的一颗心；从"惟有饮者留其名"的翻诉中，我们瞥见李白灼热双眸永远闪动着的泪光……

金钱不一定能买到真正的快乐，可是，一旦你对什么是所谓真正的、持久的快乐产生怀疑时，你就不再会那么断然否定金钱的价值与力量了，这与率尔奉金钱为至上的论调是不同的。或许，对于一方面失意于现实世界（入世），另一方面复绝望于神仙世界（出世），绞缠在双重痛苦中的李白而言，金钱若能造成表象的快乐，就算再短暂、再虚假，为什么不呢？所以，他提出了"饮者留其名"的印证：

陈王昔时宴平乐，斗酒十千恣欢谑。

在李白的心目中，很可能把此次的宴席，当成曹植"归来宴平乐，美酒斗十千"（《名都篇》）的历史重演。然而，这种一掷千金万金"恣欢谑"的行为，却深刻地暗示着潜藏在旷逸豪放背后的极大痛苦。曹植曾有这样的感受：

游子叹《黍离》，处者歌《式微》，
慷慨对嘉宾，凄怆内伤悲。

——《情诗》

同样的，痛饮狂歌的李白，他愈是"慷慨"对嘉宾，愈是"恣欢谑"，就愈加强烈地反衬出他内心的悲伤凄怆。李白的心扉上一片泪雨滂沱，但是，他不让它下到凡生的肉眼之前，他以奔逸豪迈的诗句，筑就了心扉上的一道藩篱：

主人何为言少钱？径须沽取对君酌。

不把金钱放入眼里的诗人，竟然不得不硬起头皮迎向它的摆弄。昂贵的酒价让李白为难不安，可是，"会须一饮三百杯"是他呼喊出来的，"千金散尽还复来"也是他一向的行径。为了"对君酌"，做主人的"我"怎能"言少钱"呢？无论如何必须沽取来痛饮，李白急于打破当下即临的困境。

五花马，千金裘。
呼儿将出换美酒，与尔同销万古愁。

"五花马"是何等的好马，"千金裘"又是何等的皮衣。这些代表李白过往华丽的生命轨迹的东西，在他历尽沧桑之后，已然成为极具嘲讽意味的身外之物了。克服人生现实困境的途径之一：以牙还牙，以眼还眼。酒是昂价的，五花马、千金裘也是名贵的，以物易物，以物役物，诗人狂笑起来，喝令一声："孩子们！统统给我拿去换美酒！"

李白的精神，精神的李白，陡然跳出困境的牢笼，奔腾起来。曾经"黄金逐手快意尽"（《醉后赠从甥高镇》）的诗人，现在重温旧梦的豪奢，所不同的是：诗人以前掷出去的是簇拥着他的黄金，现在拿走的可是代步的花马、御寒的皮裘了。

酒，隔离了现实，一切仿佛都不再真的那么令人难堪。金钱果然在此发挥了它无与伦比的魔力，带来幻象的松弛与喜乐。飞翔起来的诗人的魂灵，俯视着泥醉中的自己的凡躯，他是那样的冷眼旁观，又是那样深沉地悲怆着。因为，他知道，散尽的千金、换酒的马裘，不一定会再来，生命的光华，稍纵即逝，再浓再重的酒意终究会减退，带你重回人生现境。由偶然或必然的因子所凑致的人生实相、万古悲愁，又岂是"三百杯"的美酒所能消解（涤荡）得了的？

举杯销愁就如抽刀断水一般的枉然，短暂的逃遁之后的醒转，将牵引更大更深的愁苦。李白深知，只要肉身一日存活于现实世界里，他的精神、他的魂魄，就无可回避必须面对悠悠的时空以及亘古绵延的悲愁，直至形神相离的人生终点。也许，李白凡躯的止息同时也是他魂灵彻底自由的开始，永远地超越时空的限制，也永远在宇宙的此端或彼端，与无数具有诗人气质的愁苦心灵，通过相同或类似的心波，辛酸但温暖地共振共鸣着。

【注释】

①宋·赵令畤《侯鲭录》云：

李白开元中谒宰相，封一板，上题云：海上钓鳌客李白。相问曰："先生临沧海，钓巨鳌，以何物为钓线？"白曰："以风浪逸其情，乾坤纵其志，以虹蜺为丝，明月为钩。"相曰："何物为饵？"曰："以天下无义丈夫为饵。"时相悚然。

②手持王者之剑，满腔渊博学识与才情，意欲奋力扫除人间纷乱不义的李白，在受尽现实的磨折之后，对自己一度向往渴慕的圣贤，竟产生极复杂的价值怀疑。我们似乎从他的怀疑和批判里，可以或多或少窥见他自我嘲弄、揶揄的痛苦心情。下面请看他的《行路难》第三首：

有耳莫洗颍川水，有口莫食首阳蕨。
含光混世贵无名，何用孤高比云月？
吾观自古贤达人，功成不退皆殒身。
子胥既弃吴江上，屈原终投湘水滨。
陆机雄才岂自保？李斯税驾苦不早。
华亭鹤唳讵可闻？上蔡苍鹰何足道。
君不见，吴中张翰称达生，秋风忽忆江东行。
且乐生前一杯酒，何须身后千载名？

杜甫

（712—770）

  杜甫字子美，号少陵。祖籍本是襄阳（今湖北襄阳），由于他的曾祖杜依艺曾官巩县令，所以后来也自称巩县（今河南巩义市）人。祖父杜审言，是初唐很有名的诗人。

  系出书香的杜甫成长在一个贫寒的环境里，他从小多病羸瘦，可是却很用功，七岁就会作诗，九岁时会写一手漂亮的大字，十四五岁就打入当时文士酬唱的圈子。天生豪壮的志气使他在弱冠之年便南游吴、越各地，见识天下的名川异景。

  二十四岁那年，杜甫也和当时大多数的士子一样，远赴京兆投考进士，但没有考上。这个刺激遂让他放荡齐、赵，也得到和李白、高适一流的诗人往还唱和的机会，所谓"快意八九年，西归到咸阳"（《壮游诗》）就是那时的写照。

  天宝四、五年间，他回到长安。天宝六年（747），玄宗诏令天下通一艺者至京候选，杜甫把握时机，赴考尚书省，还是落第，生活开始步入穷困潦倒。天宝九年（750），他前后上了《三大礼赋》与《封西岳赋》，虽然颇受玄宗的垂青，但只叫他"待制集贤院，命宰相试文章"，后来授给他一个河西尉的小官。这样的待遇，对于胸怀"致君尧舜上，再使风俗淳"（《奉赠韦左丞丈二十二韵》)、"许身一何愚，窃比稷与契"(《自京赴奉先县咏怀五百字》)的杜甫来说，毋宁是莫大的讽弄。所以，他"不作河西尉，凄凉为折腰"(《官定后戏赠》)，后来虽改任右卫率府参军，但生活仍然挣不出贫困的范围。

由于官小俸薄，杜甫起初暂把家眷安顿在奉先，自己一个人去上任。天宝十四年，他从长安回到奉先，没想到，迎面劈来的是"入门闻号咷，幼子饥已卒"(《自京赴奉先县咏怀五百字》)的人间惨象，这个变故给杜甫的身心带来无可言喻的巨创，仿佛从茫茫无际的宦海中，遭到电掣雷轰一般。于是，他把自己的视域和胸怀向整个酷寒的现实敞开，提起温热而犀锐的笔，深刻反映出社会变动的真相。"朱门酒肉臭，路有冻死骨"(同上)、"甲第纷纷厌粱肉"(《醉时歌》)、"朱门务倾夺，赤族迭罹殃"(《壮游》)，这些诗句就似一支支尖利的刀子划开了时代的胸膛，现出血淋淋的人间实相。

天宝十五年(756)安禄山乱起，攻陷潼关，进逼长安。玄宗奔蜀，肃宗在灵武即位。这时杜甫已带着家眷到了鄜州，就放下妻小奔向灵武，不幸半途被贼兵所俘，解回长安。目睹京城凌乱残破的景象，他以蘸着血泪的笔写下《哀王孙》《哀江头》《春望》等诗篇。

由于官卑职小，没有遭到拘禁，杜甫便直奔凤翔，谒见肃宗，官授左拾遗，这时是至德二年(757)。不久，由于对房琯事件的仗义执言，触怒了肃宗，把他免除官职放还鄜州去省视家眷。这年冬天，乱事平定，长安也告收复，杜甫从鄜州到长安，再任左拾遗。但从《曲江》二首来看，他的处境并没有改善，仍然抑郁不得志。

乾元元年（758），杜甫出为华州司功参军。在华州时，他曾回过洛阳。后来长安一带起了大饥荒，他便弃官去秦川，又转到同谷。由于秦川、同谷也闹饥荒，于是辗转入川，在裴冕、高适等人的资助下，他在成都西郊浣花里营建了一座草堂。种竹植树，诗酒啸傲，生活上得到暂时的安定。

严武镇守剑南时，请杜甫担任参谋检校工部员外郎，所以世称"杜工部"。等到严武去世（代宗永泰元年，765 年），再度给杜甫带来一个很重大的打击，生活又失去凭借，陷入困绝。这时杜甫已经是五十四岁的老翁，带着一颗受创的心，黯然离开成都去漂泊。他先到夔州住了两年，然后入湘，登衡山，客居耒阳，再北返荆楚，卒于岳阳附近，年五十九。

杜甫属于纯儒家思想、行动积极的诗人，像"安得广厦千万间，大庇天下寒士俱欢颜，风雨不动安如山"（《茅屋为秋风所破歌》）、"减米散同舟，路难思共济"（《解忧》）即是儒家博爱精神的表现。他胸怀大志，冀望一展抱负经世济民，但是不受重用，坎坷终一生，无怪乎他有"到处潜悲辛"的体验了。他的文章诗歌都收在《杜工部集》里。

【作品】

八阵图

功盖三分国，名成八阵图。

江流石不转，遗恨失吞吴。

【语译】

正当魏、蜀、吴三分天下时，诸葛亮的功业是盖世的。他曾经在四川奉节县的南方布置名闻天下的八阵图，它的遗迹，到今天还存留着。

长江水日月不息，经过漫长的岁月，天下的情势不知变动了几回，这八阵图的石垒依然没有转动，想要诉说他的出兵伐吴没有成功的遗恨吧。

【赏析】

这是杜甫极杰出的一首咏史诗，在短短的二十个字里，浓缩了一段由辉煌趋向沉寂的史实，投诉着人间功名的无常易逝。

功盖三分国，名成八阵图。

极力赞扬诸葛武侯不可一世的功业与才干，从对过去历史的追忆里，仿佛所有的成败功过都足以作为衡量人生意义的标准。诸葛亮这位任谁也否定不了的人间英雄，从这十个字里昂立在历史永恒的扉页上。他之所以如此，一个原因是时势，另一个原因就是他本身卓越的才华。变动不安的时势使他有机会突出于芸芸众生之上，非凡的智虑使他化腐朽为神奇——把一堆无生命的石子排列成充满玄机的兵阵图，活用起来岂止是以一当百的作战效果而已！

然而，再悠长的沉湎也是要醒觉过来的：

江流 石不转

　　顺着长江的流水，它把时间从三分国的古昔冲向现在，原本雄伟豪壮的八阵图，也因而转移到五百年后的一堆石迹！江流正是自然和历史的化身，它滔滔滚滚，淘尽荣耀，也褪去沧桑，再卷来的风云幻变已非原来的风华。象征诸葛亮绝顶智慧的八阵图，如今静默地残留在那里，陈诉着寂寞与残破的辉煌，再也没有昔日旋乾转坤的力量了。在时空无情的流动过程里，"功"与"名"的实像全都变得虚渺起来，终至如云烟过眼，人的征服与被征服，是不是终究只是一种幻觉呢？诸葛亮正当功盖三国时，长江的景致或许曾为雄壮的八阵图而改变，但是，一旦与永恒不已的时空相较，人为的一切也不免于弹指的刹那！在浩荡的江流里，八阵图再难坚持它曾有的完整与光荣，绝代的奇才对于历史与自然的必然性，也难免落入有限的范围——何况是凡夫俗子们？

　　诸葛亮在刘备三顾茅庐时，即已提出"联吴制魏"的主张，刘备对他的意见一向尊重无异议的，可是，终于忍不住关羽被杀的盛愤，出兵伐吴。孔明至此已无力阻止，也许所谓的"天意"，往往也是假手于"人力"的吧？这一次的剧败，彻底决定了蜀的命运。而历史，充满着金戈铁马的历史啊，就是由许许多多难以喻解的因缘所凑泊而成的。

　　孔明既然有他未竟的志愿，就势必有永无休止的遗恨。诗人说：

遗恨 失吞吴

他遗恨于自己的主要谋略被弃置违反，遗恨于既已决定伐吴又终究未能成功，更遗恨于盖世英才也有智穷力竭的时候。就三国时代大势已定的"结果"来看，诸葛孔明"功盖名成"的既往，岂不成了最彻底的否定？就悠悠的历史江流来看，"石不转"岂不诠释了人力极限的可悲性？透过这些痛苦否定，我们适足以正视人生的悲剧本质。不管英雄或凡人，就人生悲剧的本质而言，并没有太大的差别。不过，姑不管曾经"功盖三分国，名成八阵图"的辉煌，最终会由于历史江流的淘冲而有永恒的遗恨存在，有一点我们可以认识到的，那就是：没有过八阵图的智慧创造，也就没有"石不转"的遗迹，来诉说人力抗衡天命的努力。我们固然可以着眼于结果的风消云散而感伤，何尝不能就残余的人力光泽启悟出新生的奋斗力量呢？而人是能够在这样的范畴内，做一个大痛苦，也是大自由的抉择的。

以下附《蜀相》，写诸葛武侯的感伤悲愤。

丞相祠堂何处寻？锦官城外柏森森。

映阶碧草自春色，隔叶黄鹂空好音。

三顾频烦天下计，两朝开济老臣心。

出师未捷身先死，长使英雄泪满襟。

【作品】

赠李白

秋来相顾尚飘蓬，未就丹砂愧葛洪。

痛饮狂歌空度日，飞扬跋扈为谁雄？

【语译】

衰飒的秋天来了，看你的情境，再回想自己的，我们竟同似飘零于秋风中的蓬草。曾经在求仙炼丹的途径上费尽心血的你，如今也只能愧对葛洪，饱尝理想的幻灭与挫伤。

为了遣悲怀，你堕入痛饮狂歌的天地，空负了大好时光。李白啊李白，你这只绝世的大鹏，是那样的气宇轩昂，是那样的凌越常轨，可是，这一切纵横高蹈的表现，又是为了向谁称英雄呢？

【赏析】

只有天才才能真正理解天才的寂寞吧！

小李白十一岁的杜甫，透过自己的敏感锐觉以及一份惺惺相惜之情，淋漓尽致地写出太白不羁的天纵之才，与心灵深处的孤独悲感。我们在杜甫对李白的真挚关怀里，同时看出杜甫对自己的期许安慰。这首诗虽然只有短短的二十八个字，但它遗貌取神，栩栩如生地刻绘出李白的内在精神。

第一句：

秋来相顾尚飘蓬

"秋来"两字，借写外在萧瑟的季候，影射内心落拓的悲愁。宋玉《九辩》有一段写活秋之为秋的文字：

悲哉！秋之为气也，萧瑟兮草木摇落而变衰。

在韵律、色泽、情调与气氛的烘托下，落拓的心境历历目前。杜甫一开始就牢握了这股撼人心弦的摇落气氛。

李白与杜甫结识于天宝三年（744），正是李白自翰林放归之时。在实际人生里，李白经历过玉堂金马的绚烂岁月，所以杜甫曾称他"李侯金闺彦"（五古《赠李白》），但是等到交往有日，相知渐深之后，杜甫发现了李白辉煌的表层下，却隐含无限的悲抑，他原是飘零在萧瑟秋风中一株无依的蓬草。

李白的《朝辞白帝城》（一名《下江陵》）一诗，显现出他胸怀大志的用世之心，然而生不逢时，虽然被玄宗看出他有过人的才华，但此时的玄宗已无励精图治的壮志，只不过希望李白来给他写一些歌功颂德的诗篇罢了。对李白来说，这未尝不是件令人深以为憾的事。加上李白一生傲岸的性格，"安能摧眉折腰事权贵"（《梦游天姥吟留别》），于是这段际遇终于以"白玉栖青蝇，君臣忽行路"（《赠溧阳宋少府陟》）作结。理想幻灭后，他肯定地表白："北阙青云不可期，东山白首还归去"（《忆旧游寄谯郡元参军》）。

所以，此诗开头第一句即准确道出李白的重重心事，"飘蓬"二字上面加了一个"尚"字，指出飘零落拓的持续。对李白的此种情境，杜甫体贴地为他设身处地，不但不加责备，甚且真挚地惺惺相惜，有一份相怜相敬的知己深情存在着。

第二句：

未就丹砂愧葛洪

本承第一句而来，写李白追求理想世界——学道求仙——的幻灭落空，写李白消极出世幻灭的挫伤。李白心灵的痛苦是双重的：想入世博取功名，不能称意；想出世追求神仙，也没成功。

为了排遣这弥天漫地的浓烈悲愁，满怀创伤的李白只好堕入酒的天地。"痛饮狂歌空度日"，便是在如此双重幻灭的绝望痛苦下出现的生命情态。李白曾说：

涤荡千古愁，留连百壶饮。

——《友人会宿》

抽刀断水水更流，举杯销愁愁更愁。

——《宣州谢朓楼饯别校书叔云》

五花马，千金裘，呼儿将出换美酒，与尔同销万古愁。

——《将进酒》

这些诗句都很清楚地指出，李白之所以痛饮，正因为这双重悲愁的逼压，痛饮之余，他更狂歌以继之，来抒发胸中的积郁。斗酒诗百篇的李白，在现实中饱受摧折后，日子便落入痛饮狂歌的深渊里。杜甫曾说他：

白也诗无敌，飘然思不群。

——《春日忆李白》

笔落惊风雨，诗成泣鬼神。

——《寄李十二白》

对李白，他有独到的赏爱，尤有特殊的期盼，但是，当他面临李白一再地痛饮狂歌、鞭笞生命的精质时，他沉痛地道出"空度日"三个字。看来，杜甫真不愧是李白的知己。

飞扬跋扈为谁雄？

把李白绝世的寂寞和痛苦和盘托出。李白曾以鹏鸟自比，对鹏鸟的振翼高举、一飞冲天，充满向往之心。范传正的《李公新墓碑》曾说：

大鹏羽翼张，势欲摩穹昊。天风不来，海波不起。塌翅别岛，空留大名。

也可以看出李白对自己原有极崇高的期许，但是，这只绝世的大鹏，虽然"常欲一鸣惊人、一飞冲天"（同上），却终于在一番激烈的腾越挣扎后，断翼挫伤了。于是，诗人紧拥着莫诉的悲哀，黯然走下雄心万丈的人生舞台。

最后，我引录一首《梦李白》，透过杜甫生命的交感，更达诉出李白的内心深处，不仅豪放飘逸，同时也是悲怆痛苦的。

浮云终日行，游子久不至。

三夜频梦君，情亲见君意。

告归常局促，苦道来不易。

江湖多风波，舟楫恐失坠。

出门搔白首，若负平生志。

冠盖满京华，斯人独憔悴。

孰云网恢恢？将老身反累！

千秋万岁名，寂寞身后事。

【作品】

月夜

今夜鄜州月，闺中只独看。

遥怜小儿女，未解忆长安。

香雾云鬟湿，清辉玉臂寒。

何时倚虚幌，双照泪痕干。

【语译】

今晚鄜州（今陕西富县）地方的月亮，我想只有我的妻子，独自在闺房里痴望着。

我在远地遥念家中的小儿女们实在可怜，他们还不懂得想念流落在长安的父亲。

她伫立得太久了，夜晚的雾气大概会把她如云的秀发给沾湿了吧？白玉一般的手臂，在清明的月光的照映下，也该觉得寒意袭人的。

什么时候，我才能同她双双依偎，靠着门帷旁边，让月光把我们的泪痕给汲干呢？

【赏析】

天宝十五年（756），杜甫把家人暂时安置在鄜州，听到肃宗在灵武即位的消息，他便只身前往，半途被安禄山的军队俘虏，流陷在长安。这年秋天，他独自对着长安夜月，想到寄寓鄜州的妻儿，加上自己身陷困局，形隔势禁，在焦愁万分的心情下写成了这首诗。

寄月托情在古人的诗文中很常见，但是杜甫却能从平凡中翻新出奇，一方面是情感的真挚，另一方面则是功力的独到。我们先看首联：

今夜鄜州月，闺中只独看。

"今夜"点出时间是在夜晚；"月"，则是注意力集中的焦点。"鄜州"是妻儿寄寓的地方，不是杜甫目前的处境，由于空间的逆向转移，而泛起思念的情怀。一夜乡心五处同，明月千里共婵娟，皆属人之常情。杜甫身逢兵戈战乱，陷身长安，与妻儿各处异地，睹月伤情，本来是自我感伤，但他却反过来设身处地，写出妻子想念他的情怀。清朝的纪晓岚评点此诗说：

入手便摆落现境，纯从对面着笔，蹊径甚别。

倒真是一双慧眼！杜甫不从自己的痛苦说起，却先把它搁在一旁，而去关心妻子的忧伤，想她闺中"只独看"，想她想念我的孤独和凄楚，何等的情深义重。以诗人的挚情揣度妻子的挚情，两地相思，跃然而出矣！

颔联是：

遥怜小儿女，未解忆长安。

"遥怜"是对"小儿女"们天真无知的一种体会爱惜。他们还没有大到识知离愁，解受相思，那么，对于远在长安的老父的困境，只得一股脑儿让妈妈一个人来承担、来忧虑了。清朝施均甫《岘佣说诗》云：

"遥怜小儿女，未解忆长安"，用旁衬之笔，儿女不解忆，则解忆者，独其妻矣。

是的，面对一群争闹的儿女，想着遥遥无归期的丈夫，身为人母的该是多么的酸楚。而这份酸楚、孤独，是多情多义的杜甫所深知的。

腹联是：

香雾云鬟湿，清辉玉臂寒。

诗人驰其神思，想象妻子望月念他的情景，把以往具体的经验加上依依眷恋之情，既美丽又哀愁。夜深了，喧扰的孩子都已进入梦乡，难眠的她一定想我想到甚且忘了时间的流逝。带着花香的雾气渐渐濡湿她的秀发，清冷的月光照着她冰清玉洁的手臂，她一定会感到无比的凄寒吧？这句诗融合了视觉（云鬟、玉臂）、触觉（湿、寒）、味觉（香雾）、感觉（清辉）的多重意象，诗意绮丽饱酣，正是所谓的"月愈好而苦愈增，语愈丽而情愈悲"。虽然这种浑然忘我的思念描述，与对妻子主观的美化，是出自杜甫的想象，但是，却可以看出他们平日感情的深厚细致——绝不会因为外在环境的侵扰，而阻止或减轻对彼此的思念。

何时倚虚幌，双照泪痕干。

这是杜甫想到从今以后自己与妻儿死活难料，在无比悲切的心情下写出的。如果说，第二句的"独"是现境的感受，那么，第八句的"双"便是对未来的期盼。仇兆鳌说：

前说今夜月，为独看写意。末说来时月，为双照慰心。

从当下各在天一隅的"独处"，连述到未来返乡的"相聚"，正是此诗的主题所在。但是，它内容的结果乃基于诗人的感情误置（现实是乖违的困境，未来则是一团渺茫），我们可以在诗人的想象企望里，感受到生命中许多不容否定的悲辛。

【作品】

羌村　三首之一

峥嵘赤云西，日脚下平地。

柴门鸟雀噪，归客千里至。

妻孥怪我在，惊定还拭泪。

世乱遭飘荡，生还偶然遂。

邻人满墙头，感叹亦歔欷。

夜阑更秉烛，相对如梦寐。

【语译】

黄昏时，晕红的云霞像高峻的山峦罗列在西天，夕阳的脚步走下了平地。

只听得柴门边有大群的鸟雀聒噪着，原来为的是我这远从千里外回家的人。

妻儿全都不相信我还能活着回来，等惊疑的情绪慢慢平复，还忍不住拭着不断坠落的眼泪。

我由于时局的动乱，遭逢流浪他乡的命运，能在战火中安然归来，实在也是偶然。

墙头爬满了好奇关怀的邻居们，一面感慨一面唏嘘叹气。

等到大伙儿散去时，也已更深夜静，我再度把灯点上，一家人总算团聚了，面对面竟像是梦中似的，教人不敢相信眼前的情景是真的。

【赏析】

《羌村》三首是杜甫深具造诣的作品，虽然表面上看来造语平淡，却统摄了多种复杂的情绪：悲哀、惊奇、喜悦、疑惧，传达出劫后余生的深刻心声，涵泳着时局与命运的动荡与无常。

杜甫于安史之乱期间，安置妻小在鄜州境内的羌村，自己只身北上奔赴行在，中途被胡兵所俘，而后流陷长安。后来脱身到凤翔（当时肃宗暂迁的地方），衣衫褴褛拜谒肃宗，授左拾遗，这时杜甫四十六岁。由于鄜州遭到乱兵的洗劫，家小情况不明（他的《述怀》诗云："自寄一封书，今已十月后。"就是写此时的音讯隔绝），直到是年秋闰八月初，皇帝诏令他自己前往省视，而后再回京师。在这种情况下，杜甫写出《羌村》三首深刻反映时代、宣诉俗民心声的不朽作品。现在就来谈谈第一首，它是描写诗人回家当天的情景，前面四句写景，后面八句抒情。

峥嵘赤云西，日脚下平地。

虽是眼前客观景物的静态描绘，但似乎也意味着诗人历尽悲辛之余的日薄西山。赤云再峥嵘也是向西沉落中，夕阳的步履正一步步走近地平线，不久黑夜即将取代白日光荣华灿的尾景，同时带来夜晚静肃的慰抚。

可是这一幅沉穆的景致被打破了，原有的秩序起了一阵极不寻常的骚动：

柴门鸟雀噪，归客千里至。

　　原先廓落的空间缩小成更具体的景物：柴门、鸟雀噪、归客室。"噪"和"至"两个听觉意象相继出现，活泼了先前的氛围，鸟雀之所以"噪"，是为着"千里"归客的回归。对于"白头拾遗徒步归"（《徒步归行》）的诗人来说，那"千里"的路程岂不象征着生死血泪？如今，这"千里"的阻绝终被跨越，是多么令人悲喜交加！那聒噪不休的鸟雀声，有欢迎，有惊异，更有着诗人近乡情怯的喜悦。

　　那么，诗人拨开乡情的奔涌，急欲谋面的是谁呢？当然是生死边缘亦念念不能忘的妻孥啊！杜甫没有先说自己怎样激荡的情怀，反而掉转笔头，先写妻儿们的反应，好一个石破天惊的轰击：

妻孥怪我在，惊定还拭泪。
世乱遭飘荡，生还偶然遂。

　　杜甫以最最平浅的字眼，竟传达出最最深刻也最最宛致的感情，没有人能更动其中的任何一个字眼，最主要的是由于那是诗人最坦赤的生命情姿之展现啊！离家一年多的时间里，他出生入死，备受兵荒马乱的艰辛。这期间虽然有《述怀》《得家书》两首诗牵系他与家人间的讯息，但在盗贼纵横、风雨飘摇的乱世，人命常是朝不保夕的，人的"存活"非等到面对面的具体相聚，往往很难证实。诗人借着最亲近的妻儿的感受——全家人都不能相信我活着回来是件事实，在极度的惊诧、疑惧而渐趋于肯定后，还不断抹着眼泪——来衬托自己或然率极小的"生还"真实,逼真中涨满了人生极悲极喜的情绪。"泪"之为物,之所以传真妻儿的无上欣悦,一如他在《喜达行在所》三首之二里说的"喜心翻倒极,呜咽泪沾巾",从大悲哀中挣扎出来的喜极而泣,大不同于平常的"高兴得掉出眼泪来"。杜甫用沾着泪水的笔来写喜悦,应该是一种矛盾的情绪表现,这也正是诗人内心性质不同的情绪凑合奔涌的结果。像他这样"到处潜悲辛"的诗人,一哭一笑,乃至一举手一投足,岂能只是单纯的情绪发泄而已?

最后:

邻人满墙头,感叹亦歔欷。
夜阑更秉烛,相对如梦寐。

上句写村落的景象充满朴实的人情味,"邻人"所以"满墙头",是基于对远从千里外来的"归客"的最本色的关怀,"满"字使"关怀"的心里交流达到饱和点,也流露村民闻风而至的一份人之为人的默契。通过眼前的情景和邻人一再的感叹嘘唏,使诗人与众人的感情产生了相互慰解的效果,满墙邻人的不断感叹,该是最具人情味、最具关怀的心灵慰抚吧?

"夜阑更秉烛,相对如梦寐",把情景的焦点转移到杜甫与家人的相聚上头。当他千里归来时,如梦似真,叫妻儿疑人疑鬼,忍不住"惊定还拭泪"。接着是邻人温情的围拥,等梦幻被肯定为事实之后,大伙儿渐渐散去,不觉夜已深人已静,只剩下最贴近的妻儿簇聚在斗室内,真"有说不尽的辛苦,诉不尽的思量"。

于是姑且奢侈一下，把灯拿来再点上，由人间实物的"灯光"来加强证明他的归来确实是真的，不是平日想念到极点的"幻由心生"。相对坐着，互望彼此活生生的脸容，似乎又觉得这一切恍如梦中的情景一般，怎么教人轻易相信团聚是真的？

司空曙《云阳馆与韩绅宿别》云：

乍见翻疑梦，相悲各问年。

是的，为了打破相见的疑窦不妨互问年龄几何，人世的起落兴衰，只有时间是彻底见证了的。晏几道《鹧鸪天》亦云：

今宵剩把银釭照，犹恐相逢是梦中。

是不是人类已被命运的"无常"捉弄得时时如惊弓之鸟呢？对于落在手中的福缘，原本该好好地拥抱住它，可是，在入怀贴心之前，总禁不住那股受尽劫创之余的怯怯疑惑，总要向自己肉眼心灵以外的东西去求得印证。想到这里，怎不令人低回冥思呢？

【作品】

曲江　二首之一

一片花飞减却春，风飘万点正愁人。
且看欲尽花经眼，莫厌伤多酒入唇。
江上小堂巢翡翠，苑边高冢卧麒麟。
细推物理须行乐，何用浮名绊此身。

【语译】

曲江（池名，今陕西西安市东南）边一片花飞花舞，减损了不少的春光。一阵阵风吹来，只见落英缤纷，转眼即将凋零殆尽，这景象正催人年老多愁。

且看眼前将尽的落花，也别厌烦那会醉伤人的酒，尽管对唇痛饮吧！

昔日繁华胜地的江上小堂，如今只剩一些翡翠鸟儿在这里结巢，物华人烟皆已消逝。过去坐镇在苑边公卿巨墓前的石麒麟，如今也一一倾圮倒落。

我细细思量那人间的事理，觉得应该及时行乐，何苦让浮声浪名羁绊了自由身呢？

【赏析】

经过一番大动乱，杜甫在四十六岁那年官授左拾遗。起初他还真以为时来运转，得以将他平日满腔忠君爱国的赤忱倾怀而出，从他"明朝有封事，数问夜如何"（《春宿左省》）、"避人焚谏草，骑马欲鸡栖"（《晚出左掖》）、"致君尧舜上，再使风俗淳"（《奉赠韦左丞丈二十二韵》）这一类诗句的致意达情来看，我们感受到一名富于时代责任与历史使命感的知识分子，是如何期许用世的时机，是何等充满忠君爱国的情操。

但是，现实像一面锐亮的镜子，照现出缅沉在理想迷雾中的自己，虽然在狂飙般的时代里称得上是一株劲草，但总归是无能为力的小草而已。杜甫很清楚壮志难伸、希望落空的打击，他就把这些愁绪化入诗歌的血脉里，像"懒朝真与世相违"（《曲江对酒》）、"衮职曾无一字补"（《题省中院壁》），都是此种心情的映照。至于当诗对心灵的愁苦也爱莫能助的时候，那实在也只好借酒来引渡自己超越万丈千寻的愁绪了。我们就来谈谈杜甫在这样的时代，这样的心理背景下，所含泪作成的《曲江》吧！

　　一片花飞减却春，风飘万点正愁人。

　　怎么一开笔就是这么惨淡的光景？凋残的春光比冰冻的冬寒更令人难受，冬寒起码使人奋志想望不远的暖春即将来临，可是衰零的晚春却宣告着："落花流水春去也。"正因为春色姣妍，所以才更让人恋恋难舍，但暖融融的春并不为了人间的想望而多半点的驻息，她一样"看似有情却无情"地行色匆匆啊！她笑吟吟来也笑吟吟去，却把华年易逝的伤春之感，一股脑儿堆向最多愁、最多苦的人，她哪晓得"直须看尽洛城花，始共春风容易别"的傻痴之缘起？

　　由"一片"花飞而联想到"春光"残破的开始，眼前的"一片"将马上累积成"万点"，眼前的"万点"其实也缘于最初的"一片"。白居易曾经这么吟唱过：

　　萧萧秋林下，一叶忽先萎。
　　勿言一叶微，摇落从此始。
　　勿言一茎少，满头从此始。

为什么人们总常常在"白发三千丈"以后，才猛然震惊"不知明镜里，何处得秋霜"（李白《秋浦歌》）呢？好吧！就算第一根白发潜生出来时，你已经警觉到了；就算第一片落花飘飞时，你已经骇悚到了，你又能怎样使它回复原状，或者使它不再继续那猖狂无比的凋残？失望沮丧的诗人是完全无计留春住的，那么他能做的，也就是眼睁睁地无可如何罢了。

且看欲尽花经眼，莫厌伤多酒入唇。

既然留不下那不能留的，无妨仔细端详即将过眼的春容花色，把它牢牢地刻埋入心的最底层，是不是痴绝呢？上智与下愚往往与痴绝无缘，这也真奇了。一个人，尤其是像杜甫这样的一个人，在魂消意索之余，想来"酒"该是最解意知情的伴侣了。原来最是伤多、最是入唇难的酒，在一般理性的人的眼里是有点可厌，可是，诗人却殷殷叮嘱"莫厌"啊"莫厌"，只为花欲尽、春将残、人已老。

江上小堂巢翡翠，苑边高冢卧麒麟。

乱后的曲江满目疮痍，正是所谓歌台舞榭总被雨打风吹去的光景，繁管急弦一一逝灭，只换得一些翡翠鸟儿结巢聚居；汉武帝时筑造的宜春苑边，原有许多王侯公卿的墓冢，长年累月坐镇其前的石麒麟，也禁不起岁月的侵蚀而一一倾圮了。荒凉至此，寂寞如斯，怎不令人意兴阑珊、衷心愀怆。

"翡翠"的"巢"与"麒麟"的"卧"，托衬了破败荒幽、渺无人迹的客观情境，是以诗人一旦置身其中，便不免对兴盛衰亡、变幻莫测的史实，做一深沉锐利的思索。在这个思维的转折过程里，可能激发诗人一番严重的自省，促使他在何去何从的行程里，做某种抉择，于是他做了以下的宣诉：

　　细推物理须行乐，何用浮名绊此身。

　　显然这样的心声与他一向的志行是不一致的，我们甚且可以说它带有自我嘲弄的味道。"细推"什么呢？正是逆溯"一片花飞减却春，风飘万点正愁人"与"江上小堂巢翡翠，苑边高冢卧麒麟"的凄凉物象，兴衰住灭的迁逝似乎不容议论，唯许接受，过去总是遥远难及，未来的一切又是那样莫测，细细推究其间的理则，除了肯定现在、掌握当前，还有什么比这具体的行径，更能充分证实自己存在的意义和价值？浮名固然使大多数的读书人着迷、热衷，乃至生死以之，其实也不过是一种身外物，何必孜孜矻矻被它牵着走？吃到浮名的诱饵的也许终其身不得轻闲，吃不到它的又将沦入极端痛苦的自我煎熬中。诗人认知了神（形）为物所役，则永不得超拔。所以，他坚决而肯定地道出挣扎、抉择后的生命态度：须行乐。这样的心态不禁使我们联想到杜甫在《旅夜书怀》中所说的：

　　名岂文章著？官应老病休。

172

当外面的世界无法评估或重视他的价值时，诗人只好由自己来肯定自己，相对的，就会采取看似与世俗反其道而行的价值观。一向对家事国事天下事事事关心的诗圣，在这么清醒的觉识下，终于也要走进酒壶的乾坤。不仅我们了解，他更了解，怎么说这也不过是暂时的愁渡罢了。他胸臆深处的那块垒，又岂是率性的"及时行乐"所能彻底遣发得了的？

【作品】

月夜忆舍弟

戍鼓断人行，边秋一雁声。

露从今夜白，月是故乡明。

有弟皆分散，无家问死生。

寄书长不达，况乃未休兵。

【语译】

从战士戍守的楼阁上传来更鼓声，由于随时处于备战状态，而阻断了行人的旅程。边境已经进入深秋，只听得一声声鸿雁悲凄的叫声。

从今夜开始，露水愈来愈寒白了。看来看去，总是故乡的月儿最皎洁。

我的两个亲弟弟，如今都已散落异乡。残破的家园，根本无从打听亲人的生死音讯。

我不断寄回家书，可是总像石沉大海，想是没能送到吧？何况现在战火依然连绵，更是没有希望啊！

【赏析】

梁启超在《情圣杜甫》一文里曾经这么说过：

我以为工部最少可以当得起情圣的徽号。因为他的情感的内容，是极丰富的，极真实的，极深刻的。他的表情方法又极熟练，能鞭辟到深处，能将他全部反映不走样子，能像电气一般，一振一荡的打到别人的心弦上。中国文学界写情圣手，没有人比得上他，所以我叫他做情圣。

从这样的角度来看杜甫，倒令人耳目一新。诗人之所以为诗人，基本上就得比常人多情才是。杜甫的多情不是泛泛的那种，而是极宽极广极深极厚的那种，说得确切一点，就是"仁民爱物"的人道精神。不怎么了解他的，总嫌他过于一板一眼，过于啰唆琐碎；深一点懂他的，才知道他的人道精神是多么可贵。他经常处于"国事家事天下事事事关心"的状态，更随时伸展出敏锐的触须去碰触宇宙人生的诸般问题。在那样艰难的时局里，他很努力于"入乎其内，出乎其外"的生命态度。所以，他的诗篇写得好的，就"能像电气一般，一振一荡的打到别人的心弦上"。

杜甫的诗集中有关想念他兄弟和妹妹的诗篇，总共有二十多首，处处流现着深厚的亲情，《月夜忆舍弟》字字悲凉，句句血泪，说它"凄楚不堪多读"，似不为过吧！它的主题是"感伤离乱"，写作的时间是唐肃宗乾元二年（759）的一个秋夜，地点在秦州（今甘肃天水市）。因为华州闹饥荒，杜甫辞去华州司功参军，跑去投靠住在秦州的侄儿杜佐，这年他四十八岁。

诗一开始就极写寂寥索漠的情境：

戍鼓　断人行
边秋　一雁声

"戍鼓"属于听觉意象，一声急似一声的战鼓声，拓创出浓密的战争气氛——当战鼓敲起，周围立即陷入戒备森严的状态，路上的人烟顷刻间完全被阻断了，边塞顿然落进无边无涯的、窒人的肃寂里。紧接着"边秋"这个复杂的时空意象而来的，是"一"声凄厉、绵久的孤"雁"叫"声"。睁着天眼觑红尘的杜甫，从戍鼓断人行里，望见了血迹斑驳的时局，在边秋一雁声中，触动了骨肉如雁分飞的凄苦孤独。"阻断"中的"孤独"是一种该怎么去容受的困境？"雁"的意象，在杜甫的感情误置下，变成他即临世界的化身。当塞外寂寥的秋空里，传来一声孤雁的哀鸣，我们同时也听见诗人愁惨悲怆的心声，与之共鸣共振着。

长久的凝思伫立终于让诗人惊觉：

露从今夜白

"白露"节气的降临，本来不过是四时运转的自然消息而已，可是，在这儿它不仅仅告诉人们时序已至深秋，凄寒日重，尤意味着人心愁苦的日增，睽违的因素仍然在持续累积中。

随着杜甫遍历千山万水，但永远是故乡的召唤使者的"明月"，猛然又触动了他蛰伏心灵深处的乡愁。王粲《登楼赋》道出千古同一的悲慨："虽信美而非吾土兮，曾何足以少留？"杜甫则以无比肯定的口吻说：

月是故乡明

表面上看起来像是写景，其实景只是拿来托情的。杜甫说故乡的月比什么地方都来得明亮，我们不难看出这是一种主观的心理，它主要是显现诗人皈依故乡的强烈意愿。王国维（《人间词话》卷上）说得好：

昔人论诗词，有景语、情语之别，不知一切景语，皆情语也。

声东往往是用来击西的，不是吗？

寄留甘肃的杜甫，还有两个漂泊异地的弟弟，一个在河南，一个在山东。前面"边秋一雁声"的诗句，其实已经隐含诗人借孤雁失群的悲哀，感触自家兄弟离散的情怀。更由于望月思乡情绪的泼染，使这股悲愤蕴蓄到极点：

有弟 皆分散
无家 问生死

手足之情是最根本的人间情爱之一，可是，它毕竟也拗不过战乱离难的扑袭，而不得不告"皆分散"。"皆"之一字，反映出诗人内心"悲莫悲兮生别离"的痛切来——杜甫更有诗云：

有弟有弟在远方，三人各瘦何人强？

生别展转不相见，胡尘暗天道路长。

前飞鸳鹅后鹙鸧，安得送我置汝旁。

呜呼三歌兮歌三发，汝归何处收兄骨？

——《乾元中寓居同谷县作歌》七首之三

"家"往往是人们心灵和形体止泊之处，杜甫更是一个极度爱家的人，他的内心几乎无时无刻不以家为念，愈是这样，在战乱中家的破碎给他的刺激也就更甚。本来，他不仅"有"家，而且是根深蒂固的"有"，可是，家的形象和温暖，统统被漫天的烽火给彻底地否定掉了。家竟而是"无"了，"无"到怎样的程度呢？——无从问死生——白居易有一首《望月有感》也把这种"无家问死生"的情怀写到极致：

时难年荒世业空，弟兄羁旅各西东。

田园寥落干戈后，骨肉流离道路中。

家园的寥落、骨肉的流离，都已是意料中事。但杜甫并不因为这些既定的事实而减少对家人的关怀，虽然没有把握、不能确定，他还是想借着一纸"家书"来互通讯息，化解乡愁。而这最后、唯一的希望，也不是能如他所愿的。

寄书长不达，况乃未休兵。

寄出的家书都如石沉大海，久久不见回音。也许总有一天会到达家人的手上吧？诗人这么痴心想望，这么充满悲酸地鼓励自己濒临破碎边缘的信心，然而不计其数的想望和鼓励全都落了空！诗人不禁冥思至理性的藩篱：眼前唯一真真切切的现实就是"未休兵"啊。"未休兵"与"长不达"对家书的交流而言，无疑造成双重斩绝的困境。

理性的醒觉反使杜甫陷入更深的悲郁，情感的沉耽却多少舒泄他的无助。而人，不光是杜甫，当处在极端困厄的情境下，往往不能只乞灵于理性，似乎属于情感的冥思慰抚也很难率尔扬弃的。

【作品】

客至

舍南舍北皆春水，但见群鸥日日来。

花径不曾缘客扫，蓬门今始为君开。

盘飧（sūn）市远无兼味，樽酒家贫只旧醅（pēi）。

肯与邻翁相对饮，隔篱呼取尽余杯。

【语译】

我家前前后后围绕在一片春光柔媚的溪水间，每天都可以看见成群的鸥鸟在这儿嬉游流连。

长满繁花绿草的小径，从来不曾因为接待客人而打扫，今天为着你的来临，我才把芦柴编的门打开了。

这儿离市井很远，没有大鱼大肉好招呼你。由于家里贫寒，只有拿出旧酿的薄酒来款待。

如果你愿意跟隔壁那位老翁对饮的话，那么待会儿我会隔着篱笆，喊他过来跟我们一起干几杯。

【赏析】

我们在《月夜忆舍弟》这首诗的赏析中，曾提过杜甫往秦州投依侄儿杜佐的事。不久，由于秦州、同谷也闹饥荒，杜甫只好辗转到四川，幸好他的两位好友裴冕、高适热心帮助，他才能在成都西郊浣花里，营建一座暂时寓居的草堂。这首《客至》就是杜甫五十岁那年乡居于此的作品。

这段时间，杜甫完成了不少充满恬静情调的诗，仿佛从极悲的大死中，悠悠醒活过来。当然，草堂环境的清丽朴质，在唤苏他的雅性这方面功不可没；再加上杜甫大半生颠沛流离的人生体验，使他培养了透视宇宙人间的胸怀。这首《客至》表现的就是那种坦挚平淡的感情样态，跟他其他诗作的精凝细练（外）、悲愤沉郁（内）的风格迥异，由是，我们也可以了解到一位伟大诗人的创作，往往是兼备多种格调的。

成都草堂坐落于风光明媚的浣花溪头。水，总给人一种柔婉清秀之感，尤其是"春水"。杜甫摹写草堂附近的春水有好几处：

一径野花落，孤村春水生。

——《遣意》

二月六夜春水生，门前小滩浑欲平。

——《春水生》

接缕垂芳饵，连筒灌小园。

——《春水》

细雨鱼儿出，微风燕子斜。

——《水槛遣心》

正写也好，侧写也好，都那么曲尽其致。我们再来看看《客至》怎样写春水的柔逸：

舍南舍北皆春水，但见群鸥日日来。

"春水"静中有动，"群鸥"则动中有静，诗人透过最精粹的文字，把造化天工的美涵摄其中。试想在春水迂绕的草堂边，日日看群鸥自来自去，何等的闲情野趣。"鸥"鸟在杜甫的诗里象征超逸自由的精神，春水则呈现清亮明丽的景象，诗人一旦身处其间，慢慢地也就有心与物化的和谐感。

微波不兴的日子里，突然有朋友造访，仿佛无端搅动一摊如镜的湖水。到底给诗人带来了怎样的惊动呢？他说：

花径不曾缘客扫，蓬门今始为君开。

从"花径不曾缘客扫"到"蓬门今始为君开"两种情境的对比，可以看出诗人幽居的无比闲情和款客的情殷意挚。陆游的《闲意》诗曾写道：

柴门虽设不曾开，为怕行人损绿苔。

写幽情是写绝了，只是人间味太淡。而杜甫虽然也逃避纷沓无谓的俗世应酬，但他对于至亲好友的来临可是乐意欢迎的。从这点，我们可以看出杜甫的至情至性。他喜爱闲居，却还不至于太忘情，他确实有儒者的温厚襟怀。

草堂的"蓬门"已经暗示着诗人现实生活的清苦，第五、六句更把这种物质的匮乏坦告客人：

盘飧市远无兼味，樽酒家贫只旧醅。

诗人担心客人误会他待客不周到，故说明是因为"市远"和"家贫"的原因，其实，主要的还是"家贫"使然啊！杜甫的情真意挚有如是者。

欠缺物质款客的歉意，杜甫努力转求精神上的弥补：

肯与邻翁相对饮，隔篱呼取尽余杯。

他是这样殷切的为对方设想，不禁让人在一片心酸中深受感动。他希望以"情"的丰饶来慰藉"物"的匮乏。换言之，即是想以超拔的心境来面对困厄的人生。末了两句诗，仿佛映现了杜甫憔悴枯槁但却充满温厚气质的面貌，他总是那样细心地为别人设身处地，总是拿所有的生命力，对人间做一种永不反悔的投注与努力。

这首《客至》所流示的闲情野意，在杜甫斑驳的生命过程里不过如昙花之一现，在它清丽的表层背后，仍隐含着沧桑的心声，以及对人生悲剧本质的一份悟识。但是，从这份难得的闲致里，我们不也能会意到杜甫的另一面——质朴淡灵吗？

【作品】

闻官军收河南河北

剑外忽传收蓟北，初闻涕泪满衣裳。

却看妻子愁何在？漫卷诗书喜欲狂。

白日放歌须纵酒，青春作伴好还乡。

即从巴峡穿巫峡，便下襄阳向洛阳。

【语译】

我在剑门以南（今四川北部），忽然传闻官兵收复蓟北（今河北北部）的消息，刚一听到真使我涕泪纵横，沾满了衣裳。

回头看看妻儿们，可有什么还要忧愁的呢？我心里高兴得快发狂，匆匆忙忙把书籍收拾好。

在这样大好的时光里，应该纵酒高歌。趁着春日明媚，大家结伴回去长久想念的故乡。

快快动身啊！我们就从巴峡（指重庆附近的长江峡谷）穿过

巫峡（今四川巫山县东），一出了巫峡，便可直达襄阳（今湖北襄阳市），然后奔向靠近故乡（巩县）的洛阳城了。

【赏析】

这首诗是杜甫作品中少见的抒写欢情的作品，不用仔细品析，光是一口气读下来，都会立刻被它撼动得神授魂与，既伤心又喜悦，简直分不清诗人与我们之间还有界线的存在了。

从天宝十五年（756）安史之乱起，经过八年漫长的烽火岁月，涂炭的生灵终于瞥见一道曙光——官军先后收复叛军主要的盘踞地河北、河南，传出了乱事平定的消息。长久以来不断忧国忧民的杜甫，这时正在梓州（今四川省），忽然听到这个天大的好消息，忍不住喜极而泣，手舞足蹈起来。

透过诗句，我们看见五十二岁的杜甫，几乎要承载不住这么巨大的家国之喜，他夺眶而出的热泪起先是为全民而流的，接着又汇合了天性中慈厚的爱家情怀，使他跃跃然回视备尝艰困的妻儿，也许，为了生活的窘迫，妻儿的愁容依旧存在，但看在杜甫奔放热情的眼里，时局好转了，还有什么要忧愁的呢？有什么字眼能比"狂"字更能真切地刻绘他此际的心境呢？诗人的天真和热情似乎天生来就是要融化现实的冰山，他们总有这样的一股精神力，从生命的核心处不断奔涌出来。

浸润在亦哭亦笑的狂喜中的杜甫，马上想着那最原始、最亲切的召唤——家，那个不论天涯海角、不论穷达悲喜，都让人为之魂牵梦萦的家啊！正伸出长长的双手，摊开厚厚的胸脯，等待漂泊异乡的游子的归来。回去当然是铁定的，可是怎么回去才是最畅怀的呢？

　　白日放歌须纵酒，青春作伴好还乡。

　　挑一个大好白日，酒囊贮满着酒，痛痛快快地且饮且歌。明媚的春光是我们最解意的伴侣，以这样的还乡阵容，当然可以缩地万里；以这样的喜乐的心情，当然可以转瞬间凌山越水。我们望见诗人的眼里闪闪发光，我们听见诗人的文字跃动成最轻俏的音符，像阳光下的小溪，哗啦哗啦地吟唱着：

　　即从巴峡穿巫峡，便下襄阳向洛阳。

　　携家带眷的杜甫要上路并不轻松，可是，他的魂魄是不容许片刻的拖泥带水，已经化成一只青鸟，翩翩然朝故乡的方向振翅飞去了。

　　诗的内容常常会影响到它的形式表现，反过来亦然。这首《闻官军收河南河北》原是传述极欢悦的感情，因此，它在形式方面就配合了这个实质——节奏明快，声调高扬（它用的是"七阳韵"）。从流畅如水、迅疾似风的节奏里，我们无法找到任何停顿的小空隙；从情真语挚的诗句中，我们无法不为杜甫做人的可爱而心动。那种高兴的忙乱、那种心酸的喜悦——没有活到生命核心处的人，怎么写得出来？又怎么感受得到？

【作品】

江南逢李龟年

岐王宅里寻常见，崔九堂前几度闻。

正是江南好风景，落花时节又逢君。

【语译】

从前我在岐王（玄宗之弟）府里常常见到你，又在崔九（玄宗宠任的一位秘书监）家的厅堂里，聆听过你出色的歌唱。

如今西北几无净土，江南倒还有一片好风景。在这花落缤纷的暮春时节，我又在这儿碰见了你。

【赏析】

一向拿"为人性僻耽佳句，语不惊人死不休"来自我期许的诗圣杜甫，于这首《江南逢李龟年》的七绝里，似乎一洗他那"精工"的风格，直寻"简淡"的本色。

岐王是睿宗的第四个儿子，温文敦厚，无分贵贱，喜爱接近读书人。崔九是当时的豪门巨户，和玄宗很亲密，担任秘书监时经常进出内廷。在这首诗中，他们都成了权贵与恩宠的象征。根据历史的记载，他们都死在开元十四年，那时还没有所谓的"梨园弟子"，杜甫看到李龟年想必已在天宝十年以后。所以，诗中的岐王宅已不是原来的岐王宅，崔九堂也不是原先的崔九堂，而是易了主的岐王宅和崔九堂了。

自天宝十年起，时局已经现出不稳的征兆，开始酝酿着安史之乱。因此，配合史实来看，"岐王宅"和"崔九堂"本身即含寓了很浓厚的由繁盛而式微的意味。杜甫将这历史性的时代大变动，浓缩到一名乐工的人生际遇里。表面上看，诗人好像只是一名冷肃的旁观者；其实，他是做了相当主观也相当深刻的投入。下面就让我们仔细来读读它：

岐王宅里寻常见
崔九堂前几度闻

撇开形式上工整的对仗不谈，诗人如此叙述时，已经点出过往繁华荣盛的不可再：我熟悉你（李龟年）以前是极受恩宠的，我甚且觉得你进出王侯之家是再寻常不过的事，也正因为它是那样寻常，寻常得像我们每天呼吸着的空气一样，所以很难令人想象它有一天会消失。可是，鲜活但酷惨的现实却在这两句看似无关痛痒的寒暄里，张牙舞爪地跃现出来——再怎么无与伦比的辉煌得意，都不免被时间的巨流冲走，都不免被人事、环境，啃啮得枯干而暗淡。唯一执存的，就是满含嘲弄意味的现实罢了。

李龟年从光华中走过，杜甫一样也有过（他曾做过河西尉和右卫率府参军，官不大收入也不甚丰，但起码带给他安定的生活）。而今，当时声名鼎盛、身价高昂的乐师，却已落魄潦倒，浪迹江南；曾经安定过的诗人，也再度面临困顿穷愁。除了运数的不偶、人事的诡变外，时代的动荡和社会的不安也是重要因素。在这里，叠合了他们双重的悲苦，逐渐聚集而拓延成全人类的感伤。

第一、二句所酿塑成的极度感伤，到了第三句突然截断，看起来似乎连愁郁也可以飘然而逝的样子；事实上战乱仍在，离愁正浓，同样沧桑阅尽的诗人和老乐师现在正偶逢在江南。江南，这一向多花多雨复多情的江南，如今又活现在眼前了。依然是落花如雨的节令，依然是春光柔媚的时分，眼前的美景将满腔的悲情暂时推开了。但是，不久，即又慢慢地粘融在一起。"情"任意奔流在过往和现今的时光之河里，而"景"呢，当然也不再单纯是顺心遂意时所体触到的"景"了。它看来美丽，但凄伤。

　　这首七绝是杜甫最晚写的一首，已经没有"朱门酒肉臭，路有冻死骨。荣枯咫尺异，惆怅难再述"（《自京赴奉先县咏怀五百字》）的愤怨，也没有"新鬼烦冤旧鬼哭，天阴雨湿声啾啾"（《兵车行》）的惨烈了。血泪交迸的写实作品使杜甫赢得千载不朽的盛名，像这首具有"绚烂归于平淡"意味的作品，许多选本是不见的。也许杜甫在写作这样简淡的诗时，他的心境也是极繁复的——痛切的抗诉之后，总会给人一些平和的余绪、暴风雨过后的宁静，不是吗？

　　清朝蘅塘退士评论这首诗说：

　　世运之治乱，年华之盛衰，彼此之凄凉流落，俱在其中。少陵七绝，此为压卷。

【作品】

登楼

花近高楼伤客心，万方多难此登临。

锦江春色来天地，玉垒浮云变古今。

北极朝廷终不改，西山寇盗莫相侵。

可怜后主还祠庙，日暮聊为《梁甫吟》。

【语译】

从高楼望下去，一片似锦繁花逼近眼前，刺痛了作客外地的游子心。我独自登临此地，正是安禄山和吐蕃扰攘天下，国家面临多难的时刻。

那锦江柔丽的春色，竟使得天地都跃动起来；那玉垒山上的浮云，古往今来不知变化了多少回。

长安的朝廷就像那苍天中的北极星，"居其所而众星拱之"，恒是不会改变的。西山边区的盗寇，你们别存妄想，千万不要来侵犯啊！

可怜的蜀汉后主，尚能守住宗庙社稷三十多年，到现在还有祠庙供奉着。在这薄暮时分，我姑且吟唱一曲《梁甫吟》吧！

【赏析】

杜甫五十三岁那年曾游成都的先主庙，这首诗就是在感慨时局的心境下完成的。

一般来说，诗句的倒装常为了造成豪迈的笔力，进而产生丰饶的意趣或曲折感。杜甫的诗作极善于运用倒装的技巧，来增强奇突撼人的效果，这首《登楼》一开始：

花近高楼伤客心，万方多难此登临。

这两句，就把情景的因果关系作了倒置，改变了平铺直叙的结构。"伤客心"的基本缘由是"万方多难"，诗人将笔势掉转，改写成近因的"花近高楼"，增加了诗的曲意。本来登楼的是诗人，望见繁花似锦，春光一片；现在一下子反主为宾，客观存在的"花"以"近"为动词，竟成了主宰客心的主体，诗人倒反成为受挫的客体了。这一处情景因果的倒置，和主客体的互易，凸显出诗人对外在时势的无奈感来。

锦江春色来天地，玉垒浮云变古今。

锦江绵柔的春色，原本化生自天地；而玉垒山上的浮云，在不断的变化中又见证了多少的古往今来。前者将空间，后者将时间的界域拓展至极限。看来似乎第三句承第一句，第四句承第二句的情和景。不过，我们不妨认为是诗人胸臆间极浑融、极悲壮的感喟，一如东坡《赤壁赋》所云：

自其变者而观之，则天地曾不能以一瞬；自其不变者而观之，则物与我皆无尽也。

杜甫以一己的灵心睿思，识照人类所处的亘古无垠的时空，从这份超越凡俗的洞察里，腾涌出最可贵的至性至情，也就是"爱天地、怜万物"的悲悯胸怀。

当他面临外患内乱的时代巨变，复无能为力于天下的澄清，便只有将满腔的热血以激奋的诗句喷薄出来：

北极朝廷终不改，西山寇盗莫相侵。

从这两句诗里，我们读到杜甫凛然高昂的气概。他以宇宙天地的永恒存在——北极——来象征汉家天下，尤可见其固执的爱国情操。"终不改""莫相侵"都是斩钉截铁的语气，诗人以主观想象的坚持，欲粉碎眼前实际的困境，充满着悲壮的情怀，呈示了对整个大我（家国）的无限关怀之情，也彻底映照了时局的艰辛——此时，唐室已由盛而衰，诗人沉重、激亢的呐喊，正代表了当时有志之士力挽狂澜的心声。

末了两句：

可怜后主还祠庙，日暮聊为《梁甫吟》。

从大我而想及小我。杜甫登临的是蜀先主的祠庙，后主虽亡国而庙食不废，最伟大的功臣当数诸葛亮。诗人从此联想到时局的衰颓和良才的不易求，自己呢？徒有登车揽辔之志，如今也已日暮途穷，时不我与，只得在无比的感伤中聊歌一曲《梁甫吟》罢了。这两句将整首诗原先悲旷磅礴的气氛，再度扭旋入低沉已极的哀感中。

旅夜书怀

细草微风岸，危樯独夜舟。

星垂平野阔，月涌大江流。

名岂文章著？官应老病休。

飘飘何所似？天地一沙鸥。

【语译】

江岸边长满了绿绿的细草，微风轻轻吹拂过来。高高的樯杆矗立夜空中，坐在小舟中的我，觉得孤独一阵阵袭来。

星光垂照下，平野看起来辽阔极了。江水翻滚着、奔流着，仿佛要把水里的月儿推涌上来一般。

回想自己大半生辛苦经营文章，难道声名是因为这个才显著吗？而现在，年华老大，体弱多病，该是辞官退休的时候了。

我一直四处漂泊，居无定所，到底像什么呢？大概像那翱翔天地间的一只沙鸥吧！

【赏析】

在成都的浣花草堂住过五年还算清幽日子的杜甫，再度告别短暂的安定，于代宗永泰元年（765）五月，带着家人乘舟东下，路过常州（在今四川省）时小住了一段时间。不久，再到云安（今四川云阳县）暂且住下。这首诗便是在经过重庆、忠县往云安的旅途中，满怀伤感的情境下写成的，这时的杜甫已经五十四岁了。

前面四句写旅夜的景象，后面四句，则叙述身处舟中的感触。

当夜色深沉，所有身边的人都已睡进梦乡，奔波旅途的诗人也有了短暂独处的机会。他自个儿坐在舟中，望着眼前细草微风的幽柔景致，再看看高立的桅杆在夜空里显得那样的孤独，从而烘托出自己的落寞。

接着，眼前的空间极度拓展开来："星垂平野阔，月涌大江流"，繁星垂向无边的平野，夜月的倒影涌向江河，含蕴着自然界动态的契机。杜甫在平野江流之外，表现出星"垂"、月"涌"的精神姿态，有立体空间的味道。像这样精粹、凝练的文字，使得诗句的内涵呈现浓缩后的丰富。面对宇宙如此幽深宽广的景象，难免使诗人兴起"逝者如斯，不舍昼夜"的心灵悸动，而觉识到碌碌风尘的徒然与悲哀。唯一难争的事实是不再的华年，透过深切的自省，他或许悟识到飘"名"浮"利"的虚空。他在内心深处如此自问自答：

名岂文章著？官应老病休。

读起来仿佛杜甫并不屑于"文章者，经国之大业，不朽之盛事"的观点，他真正的心愿是"致君尧舜上，再使风俗淳"。可是，人间毕竟事与愿违的情况太普遍了，并不是你有炽忱、有才华就能完成理想。杜甫其实经历的世态冷暖也够多的，所以，他反诘自己："名岂文章著？"诗人不愿意自己名声之得来，全在于文章写得好而已，他多么希望是由于文章以外的具体勋业。问题是，一来他没有适当的机会实践这方面的自我期许，二来他大概除了"文章"以外真的没有别的才干了。经过深锐的自省给他带来相当大的挫折感，功名的无缘与"日月逝于上，体貌衰于下"的对照下，正构成莫大的嘲弄："官应老病休。"话虽如此说，但我们总觉得既老又病的杜甫，他的内心是不平的、难堪的。

王维有诗云："行到水穷处，坐看云起时。"正是在山穷水尽的困境中，以心灵的力量另辟出一片柳暗花明的新天地来。杜甫陷入极端的伤感深渊后，再度产生清明的自觉意识，既然老病应休官，功名复难以把捉，那么，换个角度来看人生的际遇，岂不正是摆落桎梏性灵的机会吗？只要愿意悟透过去，当下贫病交迫、黯然独坐孤舟中的，也不过是我这副皮囊罢了！至于那最深最底的一颗心，何尝不是：

飘飘何所似？天地一沙鸥。

沙鸥虽然漂泊四方，虽然孤高寂寞，但是，这样的代价却换取了翱翔天地的大自由、大逍遥啊！

【作品】

登高

风急天高猿啸哀，渚（zhǔ）清沙白鸟飞回。

无边落木萧萧下，不尽长江滚滚来。

万里悲秋常作客，百年多病独登台。

艰难苦恨繁霜鬓，潦倒新停浊酒杯。

【语译】

劲风从四面八方吹过来，秋天的苍穹感觉上很高阔，远处传来猿猴凄哀的啼叫声。江滩冷清清的，只见水鸟们在一片灰白的沙洲上回旋飞翔着。

强风掠过，落叶带着一阵阵"萧萧"的声响，无边无际地飘舞下来。那没有尽头的长江，滚滚地来又滚滚地去。

我离家万里，经常作客异地，如今又被萧瑟的秋天勾起伤感。人生不满百年，多病的我在郁愁里独自登上这座高台。

想到时局的艰难，更想到自己滋生的白发如同下了繁霜，虽然想借酒销忧。但是，贫病（肺疾）潦倒，最近也只好停杯戒酒了。

【赏析】

愈近老境的杜甫，作品也更具深度和广度的成熟。五十岁这年，杜甫移居夔州（今四川奉节县），虽然驻留了将近两年的光景，但是在贫病交迫的日子里，他的心情仍然充满着漂泊无依的悲辛。这首《登高》当是这段时间登高悲秋、抒写伤怀的作品。

前面四句，写登高所闻所见的景象；后面四句，写悲秋所引起的感慨。

风急天高猿啸哀，渚清沙白鸟飞回。

组合多种繁复的意象，展示出天高气清、流水澄澈的空间。读起来音节顿挫，加上丰饶的意涵，使诗的密度几达饱和。第一句给人听觉上带来无比的悲切感，第二句则给人视觉上极辽遥的廓落感。这样的景象传达了诗人在孤独的羁旅途中，所面临的悲戚穷愁之情境。当他独自登高、极目天地之际，愁绪一如秋声万种，排空杂沓而来：

无边落木萧萧下，不尽长江滚滚来。

如此无边无际的萧萧落叶，如此无穷无尽的滚滚长江，是由不得人去招架的。当然，诗人的感受也就间接触动了我们。处于无边的落木（空间）和不尽的长江（时间）的夹缝中的诗人，除了自感渺小无能与孤独无助之外，很难从这种凄恻的旋涡里挣游出来。所以，接下来他构筑了一座几乎难以逾越的愁城：

万里悲秋常作客，百年多病独登台。

这两句诗所梭织的愁郁程度，简直密不透风，沉重无比。宋人罗大经《鹤林玉露》云：

万里，地之远也；秋，时之凄惨也；作客，羁旅也；常作客，久旅也；百年，暮齿也；多病，衰疾也；台，高迥处也；独登台，无亲朋也；十四字之间含八意，而对偶又精确。（卷十一）

真是层层剥笋，直逼诗心的内里处。处于羸弱病体和悲苦心境的双重煎迫下的诗人，回首前尘，尽是萧索；瞻望未来，也已日薄西山。他所以登高，或是为了远眺，而远眺或是为了销忧于万一，可是，事实证明了这一切遣悲怀的行动都是枉然！诗人为了游离自我的悲愁，也曾转移情感到对大我（时局）的关注上，也曾倾全部的生命力于淑世的理想中；然而，所有的"曾经"都已成萧萧落叶、滚滚长江，唯一实存的现象是：

艰难苦恨繁霜鬓，潦倒新停浊酒杯。

白发苍苍、体貌衰颓的诗人，在饱尝人世的艰辛苦难之下，是那样无可挣脱地掉进了"苦恨"的深渊。穷愁加上肺病缠身的诗人，本来还想借酒浇愁一番的，可是，他一定悲痛地想到依靠他存活的妻儿。如果，他就这样地喝下去、醉下去，对个人而言，也许是短暂的麻木，甚或是永远的解脱——但对嗷嗷待哺的妻儿亲人来说呢？他怎么忍心！

所以，杜甫把举起的酒杯颓然放下，在极度的潦倒落魄中，他为了怜惜亲人而爱护自己。对于一个拥有广大同情心的人，不管环境如何恶劣、前程何等暗淡，要他向命运彻底低头、彻底自暴自弃是永远做不到的。

而杜甫，就是这样的一个人。

清人施均甫《岘佣说诗》推誉这首诗是古今七言律第一，想是不仅读出了诗意的美好，更感受到它所以为美为好的精神素质吧。

羌村　三首之二

晚岁迫偷生，还家少欢趣。

娇儿不离膝，畏我复却去。

忆昔好追凉，故绕池边树。

萧萧北风劲，抚事煎百虑。

赖知禾黍收，已觉糟床注。

如今足斟酌，且用慰迟暮。

羌村　三首之三

群鸡正乱叫，客至鸡斗争。

驱鸡上树木，始闻叩柴荆。

父老四五人，问我久远行。

手中各有携，倾榼浊复清。

苦辞酒味薄，黍地无人耕。

兵革既未息，儿童尽东征。

请为父老歌，艰难愧深情。

歌罢仰天叹，四座泪纵横。

曲江　二首之二

朝回日日典春衣，每向江头尽醉归。

酒债寻常行处有，人生七十古来稀。

穿花蛱蝶深深见，点水蜻蜓款款飞。

传语风光共流转，暂时相赏莫相违。

江村

清江一曲抱村流，长夏江村事事幽。

自去自来梁上燕，相亲相近水中鸥。

老妻画纸为棋局，稚子敲针作钓钩。

多病所须唯药物，微躯此外更何求？

登岳阳楼

昔闻洞庭水，今上岳阳楼。

吴楚东南坼，乾坤日夜浮。

亲朋无一字，老病有孤舟。

戎马关山北，凭轩涕泗流。

韦应物

（736—？）

韦应物是盛唐时自然诗派的诗人，约生于玄宗开元二十四年（736），卒年大约是德宗贞元初年。

韦应物先后做过洛阳丞、京兆府功曹、鄠县令、栎阳令、员外郎、左司郎中，江州、滁州、苏州等地的刺史，所以世称"韦江州"或"韦苏州"。他在任期间是位体恤民情的好官吏，罢官后，寓居在永定精舍。

唐李肇《国史补》说他"为性高洁，鲜食寡欲，所居焚香扫地而坐"，是他晚年生活的写照。

他常和顾况、刘长卿、丘丹、皎然这些诗人在一起酬唱。他的诗以五古见长，作品的内容以描绘山水田园为主，往往看得出刻意学陶渊明的痕迹，如"终罢斯结庐，慕陶真可庶"（《东郊诗》）、"采菊露未晞，举头见秋山"（《答长安丞裴棁诗》）、"信非吾侪事，且读古人书"（《种瓜诗》）等都是。诗风带有自然淡泊的情调，和王维极相近。他的《县内闲居赠温公》云："虽居世网常清净，夜对高僧无一言。"此种境界相当高逸，尤其像他久处案牍之旁，未尝隐居避世，即能歌咏自然，实在难能可贵！

【作品】

滁州西涧

独怜幽草涧边生，上有黄鹂深树鸣。
春潮带雨晚来急，野渡无人舟自横。

【语译】

上马河的岸旁长满了细密的青草，看来叫人怜爱。不远处有茂密的树丛，常常传来黄鹂清脆的鸣叫。

从这儿望向河面，由于傍晚时分的一阵雨，使得春天的潮水显得更激急了。这时刻，整个荒野的渡口不见人烟，只有一艘孤舟悄悄横搁在水边。

【赏析】

韦应物的宦途大致上说来很顺利，这首《滁州西涧》是他晚年任滁州刺史期间所作的，情致恬淡，意境深远。下面我们就来欣赏它的闲适之音吧。

独怜幽草涧边生，上有黄鹂深树鸣。

其中意象充满着宇宙间生生不息的契机。"幽草"的"生"和"黄鹂"的"鸣"，使人觉察到生命的活泼律动。"涧边"与"深树"同时意味着存活空间的辽阔深远。诗人透过视觉看见幽草之生涧边，经由听觉听取黄鹂之鸣深树，不期然产生一股会心之情。诗人独自品味野趣诗意，所以"怜"物，正因为"惜"己。一、二两句显示出诗人和外物之间，稍稍有段距离，但并不深，也不是无可回转的截然对立。他们彼此间由于"怜"字而有了关联，也由于诗人情怀的"独"外于俗世，而产生沟通的兆机。接着三、四句：

春潮带雨晚来急，野渡无人舟自横。

表面上看来前句是因，后句是果。由于晚来的一阵急雨兼春潮，才使得野渡无人，孤舟自横。更进一层来看的话——我们不禁联想到，当春江的潮水被薄暮的雨弄扰得湍腾起来，舟子们纷纷找寻避雨的泊所时，诗人怎样了呢？噢，他原来那么静定地观照这一切的变化哩！

荒野的渡口原本不太有人烟，这会儿更沉寂了，沉寂到没有半个人影（那么，诗人算什么呢？他已经化入自然，当然见不着自然以外的自己了），可是，却有一只小舟兀自横躺在那里，仿佛为人的曾经存在默默作见证。

这首诗简直就是一幅绝妙的佳构，有一种清灵的美感在其中召唤着。如果我们有过找不到自己的经验，那么，读了韦应物的这首诗，是不是会觉得："有人"与"无人"原来就无须那样扞格对立？当我们敞开心去怜爱自己以外的人或物时，说也奇怪，我们回过头来会更怜爱自己呢！

寄全椒山中道士

今朝郡斋冷，忽念山中客。

涧底束荆薪，归来煮白石。

欲持一瓢酒，远慰风雨夕。

落叶满空山，何处寻行迹？

【语译】

今天早晨，起了一阵风雨，我在郡斋里顿感清冷起来，忽然想起山里的一位道士朋友。

他大概到涧谷底去捡拾薪柴，回来好烹煮他的白石为粮吧？

我很想打一瓢酒，趁着风雨寒夜到山中去慰问他。

转念一想，空旷的山里，落叶纷纷，我到哪儿去寻访他的行迹呢？

【赏析】

如果李白的诗充满悲怆的情调，那么韦应物的诗就是一片淡素的韵致了。这首《寄全椒山中道士》写的是一份朴挚的方外之情，一口气读下，顿觉烟火红尘远在万丈之外。

今朝郡斋冷，忽念山中客。

诗人由于风雨带来的寒冷凄清，而想念起山中的道士朋友，因为自己的清冷而联想到友人在山中该比自己还要寒索，可是，想想他该不会像自己一样困居斋房，那么，他到底会去哪儿呢？基于相知，诗人为他作了一个假设：

洞底束荆薪，归来煮白石。

他一定像以前我见过的那样，自个儿打柴，自个儿炊食，过着最简素、最无烦扰的生活。即使他不在意孤单，或者竟至喜爱孤单，可是，我还是想念他，我也坚信自己的造访不至于打破他生活的秩序，因为我想带去的是一份故人之情：

欲持一瓢酒，远慰风雨夕。

在山中的风雨夜里，我这多年的老友去看他，不知会多喜慰哩？我也将因他的喜乐而喜乐啊！

诗人悬想至此，整个精神几乎已经进入风雨的山中，正与故人把酒论道。——或许，周遭的清冷突又唤回他遨游的意识，再度醒回现境，不禁袭来一阵怅然：

落叶满空山，何处寻行迹？

是的，像这样的一位道友，直是"只在此山中，云深不知处"。我们不晓得韦应物在落叶空山，难觅行迹的现实考虑下是否就打消念头，即便如此，这股感情的绘述还是极动人的。设若不然，在一番细思量之余，他还是持酒披雨入山，想诗人在寂寂空山、落叶纷飞的景致下，该也不会太在意见不见得着这位道友了吧？

人的踌躇在意，往往总是在未付诸行动之前，一旦真正豁出去了，在意的就未必是它的结果了。韦应物这首诗，不也正是我们心路历程上的一段告白吗？

【附录】

秋夜寄邱员外

怀君属秋夜，散步咏凉天。

空山松子落，幽人应未眠。

张继

（盛唐时人）

　　到现在为止，我们还无法确知张继的生卒年，他字懿孙，是襄州（今湖北襄阳附近）人。只知道他在天宝十二年（753）中过进士，在江南做盐铁判官。大历间，入内侍，任检校祠部郎中。

　　他以一首《枫桥夜泊》流传千古，不仅写景幽美，含情蕴藉，尤其以浅淡的字句构筑深远的意境。和一般多产的诗人相较，张继是毫无愧色的。

【作品】

枫桥夜泊

月落乌啼霜满天，江枫渔火对愁眠。

姑苏城外寒山寺，夜半钟声到客船。

【语译】

　　满天寒霜的夜里，只见月儿逐渐西沉，慈乌悲戚地啼叫着。江边的枫林与三两渔火对映着愁苦不眠的我，也不知这样望着、想着，到底过了多久。

　　忽然有一阵断断续续的钟声，从姑苏城外的寒山寺，一路划破深夜的寂静，缓缓传到我停泊的客船上来。

【赏析】

诗人的内心深处总是孤寂的，以他们敏锐的观察力和领悟力去洞照人间，往往在作品中将原本客观外在的景致，渲染上极具主观内省的色泽。

"月落"指的当是夜半更深或凌晨破晓前的时分，"乌啼"一语，不免使人很快联想到曹操《短歌行》里面的诗句：

> 月明星稀，乌鹊南飞。
> 绕树三匝，何枝可依？

那股即便是霸才也难免的"无依"之感，以及白居易《慈乌夜啼》中的思亲情绪。在这样一个漫天飞霜的更深夜半里，由一颗多愁善感的诗心听来，定是另一种悲郁的况味。我们虽然不能十分肯定，诗人感触的到底是家国之感、故园之思，或念亲之情，抑且兼而有之，但从"乌啼"一词，的确足以引触读者产生极广泛的想象与同情。

"江枫"和"渔火"原本有浪漫热情的韵调，可是，经过时序（深秋）和空间（江上）的染衬，遂从极度的绚丽沉向凄清。诗人的因愁而难眠而无眠，正好见证了它；深入一点来看，江枫的红是一种萧瑟肃杀的"残红"，渔火的明则是一种寂寞疏落的"残明"。当诗人面对、凝视由"江枫"与"渔火"所构塑成的时空情境时，我们仿佛觉着，在如此寂寒的天地里，也只有"江枫"

和"渔火"见证着诗人的悲"愁"。这该是一种多么莫可奈何的"交流"！其间固然有某种超然、形上的喜慰，可是隐隐然夹杂着无可宣诉的哀楚。

陈子昂《登幽州台歌》云：

前不见古人，后不见来者。
念天地之悠悠，独怆然而涕下。

是的，只要是有点灵心睿思的人，似乎都无可逃遁这种人类共有的基本悲愁，那是亘古如斯、悠悠永存的悲剧意识使然。同样的，露重霜寒的秋夜里，独自在漠漠江中的客船内无眠的诗人，除了他一己的愁情外，尚绞缠在这层层叠叠的生之困惑中，沉闷窒人的氛围到达饱和点。忽然——

从目不可及的姑苏城外，传来了寒山寺的钟声，缓慢而凝重，肃穆而庄严，一记记划破沉寂的天地。同时，仿佛也拂开了困锁诗人灵思的云雾。

不过，诗人只写到"钟声到客船"为止，至于钟声到底给他带来何种会悟，并未明言，其实也无须说破。他在这里铺展给读者一片驰骋的想象天地：也许诗人因此参透了什么，所以他"得意忘言"；也许，钟声的回荡，让原本难眠的客船上的诗人，更加地难眠，更陷进寂寞孤独的漩涡，就好比钟声散落迷失在弥天漫地的霜寒里。

李益

（750—827）

系出名门的李益，是唐肃宗时宰相李揆的族子，他的字叫君虞，是陇西姑臧（今甘肃武威市）人。

李益八岁那年，正逢安禄山乱起，曾过了一段飘摇的日子。二十岁就考上进士，他是"大历十才子"之一，常跟这些人往来唱和。二十二岁和诗人卢纶的族妹结婚，婚后不谐，性情变得多疑而暴躁，成为唐人传奇《霍小玉传》的取材来源。

中年时他曾浪迹燕赵，幽州节度使刘济聘他为从事，因此，在边地住了十多年，写下不少边塞诗歌，很受当时人的传诵。宪宗知道了他的才华，召他入宫为中书舍人，又升任秘书少监，集贤殿学士，最后做到很高的礼部尚书。晚年有过一段颇惬意的日子，他在长安兰陵里有座住宅，门前栽了四棵大树，掩映着朱红色的大门，屋后有三亩菜畦，一曲小溪，他给它取了一个诗情画意的名字，叫"杏溪"，自号为"杏溪叟"，在这么优裕的环境里时常和友人吟诗作乐，过的日子简直像神仙了。

李益的诗歌含有浓厚的民歌味道，内容多描写边塞的景象与征夫思妇的心声，激昂慷慨中又有无限宛曲的情，写得最好的是五言、七言绝句。

【原诗】

江南曲

嫁得瞿塘贾（gǔ），朝朝误妾期。

早知潮有信，嫁与弄潮儿。

【语译】

自从那天嫁给瞿塘（长江三峡之一，今四川奉节市东南）地方的商人为妻以来，他可是常常误了归期，再怎么跟他约定都没有用。

唉，如果早知道来来去去的潮水是最守信的，还不如嫁给那经常在水波中翻进滚出的年轻人。

【赏析】

这是一首很有名的闺怨小诗，是李益仿照以前江南一带的民歌所写的。读起来令人觉得余味无穷。

"嫁得瞿塘贾"，不只是一千多年前普遍的婚姻价值之所在，恐怕在今天，仍然是许多人趋之若鹜的目标。诗中的女子在婚后孤独的包围下落入回忆的深渊里，也许当初的选择或由于父母之命、媒妁之言，也可能是经过自己的首肯，但它总是一个已然决定了的事实。"瞿塘贾"，广义的来说，意味着可预见的物质价值，有否精神的丰美尚难断言，好比白居易的《琵琶行》说："商人重利轻别离"，商人行迹不定，往往为了经商外地，长年不归，比较有可能在异地他乡另起一个"家"，而使妻子秋水望穿，常常满怀闺怨。因此，很难说这位女子的选择嫁为"商人妇"一开始就是错误的。她一样有着普天下所有的少女所共具的美好憧憬，她的天真可以使她把一切的未来设想得极美丽，她的年轻使她无法在精神与物质上面作一比较，更何况，这两者价值与意义的高下也不是轻易可以下断言的。

瞿塘峡是长江三峡之一，当地水势湍急，奔流而过的水是不会回头的。用"瞿塘"来指称"贾"人，可能具有"绝情而去"的意味。无疑的，婚后的女郎也经历过一段恬适的岁月，不知不觉中就把感情的重心以及生命的意义，都托付在丈夫的身上，与其去嘲弄这种心态，不如来悲悯它无能自觉的无辜，因为传统的观念多少要对它的造成负点责任。慢慢地，丈夫的归期愈来愈不定，间隔也愈来愈久了，到底真是商务缠身？或是新欢另结呢？不管是怎样的猜测，终成为这位女子的愁闷和煎熬的来源。

古诗有云："思君令人老。"当一连串的希望破灭后，空闺独守的花样年华的少妇，一定是憔悴减容光的，"岂无膏沐，谁适为容？"沉溺在情爱漩涡里的人确实是这样的，既痴又傻，走不出自我折损的阴晦。当然，对爱情的拘执和坚贞本身是极可贵的，问题是，所爱的对方已经有变化时，这样的坚执除了自苦以外，是否还有别的意义呢？长久的"朝朝误妾期"的事实，是很难在充满闺怨的少妇心中，引起一向的热望与渴求了。她也许谅解过一百次、一千次甚至于一万次的毁信背约，但是，一再雷同的谅解，并不能化解心里积压已久的阴霾啊！

传统的爱情观对一个女子的要求是"从一而终，至死不渝"的，如果是出于自愿自足的决定，那是极神圣、极可敬的。但是，突然有一天，她打开心内的窗，往外一望，理性的藩篱不由得被遐想的狂流冲毁了：

早知潮有信，嫁与弄潮儿。

长期的分离与渴盼交织成既沉且重的失望，如今，她才在其中重认物质价值与精神意涵的不同所在。生活经验里的委屈残缺，往往能使人觉出今是昨非。然而，不管什么层次的"觉"和"知"，都含有让人贾其余勇，奋力超越不如人意的过去与现在的可能性。

所以，当诗中的少妇在失望的痛苦里重估以往的价值观时，她不禁把它一股脑儿推翻掉了。眼前的锦衣玉食除了充满嘲弄外，又有何意义？在这样伤心愤怨的情绪下，她想象自己愿意嫁与"弄潮儿"，他喜爱玩潮，而潮水是守信的，至少他能带来最起码的慰藉。这样激动的自白，看来是极情绪化，极与世俗规范背道而驰的。她有没有、能不能诉诸行动去改变她人生的现况，已不在诗作处理的范围内了。

如果我们不把《江南曲》当成一首平凡的闺怨小诗来看的话，那么，我们应当可以发觉到，李益最大的成功，是在于他不仅洞见人性（包括女人）矛盾挣扎的苦，并且以谅解来替代谴责，以设身处地来代传那无由达诉的心声。当我们读到最后两句"早知潮有信，嫁与弄潮儿"时，忍不住有一种心酸自心底浮起，因为，其实那是最寻常不过的负气话，是多么无奈又多么值得同情。

夜上受降城闻笛

回乐峰前沙似雪，受降城外月如霜。

不知何处吹芦管，一夜征人尽望乡。

喜见外弟又言别

十年离乱后，长大一相逢。

问姓惊初见，称名忆旧容。

别来沧海事，语罢暮天钟。

明日巴陵道，秋山又几重？

韩愈

（768—824）

被苏东坡称誉为"文起八代之衰，而道济天下之溺"的韩愈，其实他的诗也很有成就，大概是文名太大了，所以掩盖过诗歌方面的光芒。

韩愈，字退之，是河南河阳人。三岁时父母双亡，由嫂嫂把他抚育成人。在贫困中成长的韩愈，很知道刻苦向学，他几乎完全靠自修读完了六经百家，二十五岁考取进士，便积极提倡古文运动。因为散文到魏晋六朝已为骈文所取代，韩愈的意思是想使散文复兴。"复古"的口号并不是韩愈第一个提出的，早在北周即有此自觉，经过隋唐仍有人提倡，到了韩愈、柳宗元时大力展开复古运动，至此方才水到渠成。

韩愈的性情耿直忠厚，又喜欢发表评论，得罪的显贵可不少，最后竟然连宪宗都受不了他那篇《谏迎佛骨表》，一怒之下，把他贬到潮阳去。他到了潮州，还替居民写了一篇轰动古今的《祭鳄鱼文》。他虽然两度被贬，但在任上都很受当地居民的爱戴，当然是他勤理政事、生性率真的缘故。

备尝仕途的穷通哀乐的韩愈，慢慢地，作品就有了成熟后的悲酸与豪宕。他的文章一向以雄奇严谨著称，诗歌则力走艰险怪奥的路子，显然不同于当时正走社会写实路线的元稹和白居易，而独树带有理知、艰晦气味的风格。后来有人把他和孟郊、贾岛、李贺等人的诗归为"怪诞派"，其实，归宗入派总有它的局限性，并不是很好的。韩愈的诗歌尽管是以这种方式打响他的招牌，但是，并不能因此贬低他不同于此类险怪诗作品的价值。

虽然韩愈由于写了太多"掷地金石声"的文章，而使我们有一份错觉，总以为他老气横秋，几近顽固地卫道，但是，一个人能那样坚决护持他的理念于至尊的"天子"之前，岂不也是人格上的可爱吗？他本来是儒家传统思想的中坚分子，到了晚年竟不免误食长生药而死，死的时候五十七岁。

【作品】

左迁至蓝关示侄孙湘

一封朝奏九重天，夕贬潮阳路八千。

欲为圣明除弊事，肯将衰朽惜残年。

云横秦岭家何在？雪拥蓝关马不前！

知汝远来应有意，好收吾骨瘴江边。

【语译】

早晨我上《谏迎佛骨表》给如九重天高高在上的皇上，傍晚就接到被贬往八千里外的潮阳的诏书。

我不过想为圣明的天子除去一点弊政，哪里敢爱惜我衰朽的残年呢？

一路跋山涉水到这儿，只见云霭茫茫横搁在秦岭上，隔断了我望乡的视线。漫天的雪花拥向蓝关，我胯下的马怎么鞭策都不肯前行！

我知道韩湘啊，你大老远跑来看我，一定是有用意的。不久以后，你可要到瘴气熏天的江边收拾我的尸骨了。

【赏析】

虽然号称一代文坛盟主的韩愈，为文作诗，都力求以奇矫俗，以豪代弱，而有险怪雄奇的诗风，但我们选的这首《左迁至蓝关示侄孙湘》却不是以这个取胜的。它显露出极沉怆的情绪，在写实说理中，自有一股千回万转，言止而意不尽的情怀。韩愈在元和十四年，上奏《谏迎佛骨表》，触怒了正沉迷于佛教中的宪宗，被贬为潮州刺史，五十二岁的他，满怀伤心的写下了这首诗。

诗一开始，气势来得很澎湃：

一封朝奏九重天，夕贬潮阳路八千。

上句是说他原本满怀诚意直奏君王，"九重天"象征宪宗无比高上的权威，作为人臣的他从视觉的仰望里，传达出一片虔敬与赤诚。可是，这份忠心，不仅没有被接纳，反而使他惹火上身。韩愈或是保守过分，但在那样的时空背景下，他是很难了解宗教信仰自由的真谛。而宪宗挟人主之威，不但剥夺韩愈抗辩的机会，甚且迅速加以严惩。以至于双方原本可以因切磋而更趋圆熟的观点，只好仍然各持壁垒，而成为韩愈生命中一处极深的烙痕了。这样强烈的打击可以从时间的对比显示出来："一封朝奏"和"夕贬潮阳"是产生在极短促的刹那间，若说早晨他还是一名朝中的大臣，本来他可以每天出入宫阙，而今，却得远离到八千里外的潮阳去。暗示他由极高到极下、极喜到极悲的人生变动过程。

诗人对如此沉重的打击的反应，却是极为温厚的：

欲为圣明除弊事，肯将衰朽惜残年。

在兴衰起落的突兀变化中，又得重新面临一个荒凉陌生的环境，韩愈的心情是极悲酸的。传统儒生的教养使他不能归咎于他的君王，既然他自认为已经竭尽了读书人的良心，那么对于自己行止的后果，他是具备承担的勇气的。于是，他伤心但不怨恨地扛起行囊，踏上了暗惨的前途：

云横秦岭家何在？雪拥蓝关马不前！

诗人走着走着，发现已身处在风雪呼号的秦岭。秦岭——这个一向在地图上、在想象里以一个抽象的点存在的地方，现在竟然默默耸峙在天地间，从眼前遮断了自己望乡的视野。"乡关何处是？"是诗人第一层的悲哀，既然回归不得，那么只有奋力向前了。可是，绵亘于前的又是千年万年未曾化过的冻雪，曾几何时，这漫天漫地的雪，已然匍匐至诗人的马前，不！已然自脚底簇涌上来，直抵内心深处！"雪"，透过诗人的主观想象，已不是纯然的雪，它代表了外在凌厉、严寒的迫压力量，它不只冰冻了他的心，更阻挡了他不去也得去的未来。诗人的第二层悲哀，乃在于前途的茫茫、死生的未卜。

　　知汝远来应有意，好收吾骨瘴江边。

　　在这么孤绝的困境中，突然飘来一丝亲情的温暖：韩湘远道
来看他，这是韩愈在蓝关遇到的一个亲人。故乡里亲友如织，碰
上一打亲友都没有在异地漂泊时偶逢一个亲人来得欢欣，尤其是
在这般冰寒的情境里。然而，好不容易才出现的人间温热，在诗
人的感觉里只如电光石火，因为他太痛苦了、太衰疲了，不能不
悲哀地联想到：你一定是有意来看我的，因为你想或许是见我最
后一面了，我怎么能在荒凉瘴疠的岭南活下去呢？不多久，你就
会到那充满瘴气的江边收拾我的尸骨吧！
　　整首诗就戛然而止在一片死亡的阴影里，我们仿佛见到尘满
面、鬓如霜的诗人，在极度的悲伤中，透视着命运之神漠然的脸。
事实上，"心未残"的韩愈终于昂然踏上他的路途，也终于从绝
望中再度燃起希望，也使自己的生命有一个比较完整的、无憾的
结果。

【附录】

山石

山石荦确行径微，黄昏到寺蝙蝠飞。

升堂坐阶新雨足，芭蕉叶大栀子肥。

僧言古壁佛画好，以火来照所见稀。

铺床拂席置羹饭，疏粝亦足饱我饥。

夜深静卧百虫绝，清月出岭光入扉。

天明独去无道路，出入高下穷烟霏。

山红涧碧纷烂漫，时见松枥皆十围。

当流赤足踏涧石，水声激激风吹衣。

人生如此自可乐，岂必局束为人鞿（jī）。

嗟哉吾党二三子，安得至老不更归？

刘禹锡

（772—842）

刘禹锡是江苏彭城（今江苏徐州市铜山区）人，生于代宗大历七年（772），卒于武宗会昌二年（842）。

他二十一岁那年中了进士，不久登博学宏词科，出任监察御史。他和柳宗元都依附王叔文，后来王叔文被贬死，刘禹锡也被贬为朗州（今湖南常德市）司马。元和十年，召还京都，又以诗忤上，受贬连州（今广东连县）刺史。后来又做过夔州、和州刺史。十四年后（太和二年）回京，任太子宾客，因此世称"刘宾客"，死时年七十一。

禹锡精通音律，在居留朗州的十年里，曾经利用民歌改作新词，故武陵一带的民歌，多半经过他的润色。他的诗风在悲愤中有雄健的气势，节奏更是和谐响亮，在当时即有"诗豪"的美誉。除了占诗作极重分量的民歌小诗（如《杨柳枝词》《竹枝词》，意味隽味，富于民歌活泼的情调）之外，他的咏史怀古诗也有独特的风格，像《乌衣巷》《石头城》，在诗歌史上都得到极高的评价，千古传诵不绝。

【作品】

乌衣巷

朱雀桥边野草花，乌衣巷口夕阳斜。

旧时王谢堂前燕，飞入寻常百姓家。

【语译】

那朱雀桥边长满了野草，盛开着许多小野花。斜对面的乌衣巷口，一轮残落的夕阳横搁在檐角边。

往昔在王家、谢家富丽的厅堂前巢息的燕子们，如今飞的飞，散的散，倒是寻常百姓人家的住宅还看见它们飞进飞出的影子呢。

【赏析】

这是刘禹锡极有名的《金陵五题》之一，由于览迹而生兴亡之慨，读来令人油然而生盛衰无常的悲感。

《乌衣巷》这首诗，由于时空的错综，造成情思绵邈、意兴盎然的氛围。首先，诗人以极不经意的笔，浅浅勾出一幅眼前景物：

朱雀桥边　　野草花

乌衣巷口　　夕阳斜

在视觉里，它们都是景象的呈现，但是，如果把它放进历史的镜子下去映照，我们可以发现其间所蕴含的矛盾性："朱雀桥"本是堂皇富丽的建筑，如今，聚集在朱雀桥边的是遍地丛生的荒草野花，一切人世的缛丽繁华已经灰飞烟灭。"乌衣巷"本是东晋时宰相王导和谢安两大家族居住的所在，一度车马鼎沸、人物荟萃，如今，所有的风云变幻都没入历史的底层，只见一轮落日，斜照着这条苍老沉寂的巷道。由于"朱雀桥"与"野草"，"乌衣巷"与"夕阳"不和谐的叠景，使得这二句诗产生了不对称的矛盾，一种"昔""今"的对比，牵引出浓缩着盛衰兴亡的苍茫氛围。

接着，诗人着笔于朱雀桥与乌衣巷的重点所在：

旧时王谢堂前燕，飞入寻常百姓家。

"燕"是自然的产儿，有着亲近人烟、衔泥结巢的本能。以前，"王谢堂前"多么高敞华丽，燕子当然会挑选这样坚固舒适的地方来托身。可是，盛极而衰与否极泰来同是自然界的定律之一，因此，当王谢侯宅的辉煌，被凄凉、破败所取代后，它所留下的只是令人触目惊心的景象了。诗人找来了昔今的见证者，也是兴衰无常的诉说者：燕子。

既然王谢宅第已经斑驳倾圮，喜欢巢居于高堂华屋、喜欢亲炙人烟的燕子，还有什么理由在这片废墟里逗留呢？反观一些寻常的百姓人家，或由于刻苦勤俭，或由于风水的轮流转，加上贤智子弟们的克绍箕裘，有的已经从穷苦、败落的边缘挣扎过来，甚而起造了高楼美屋。试问：燕子们有什么理由不往新兴气象的所在迁徙呢？

由于这首诗的视觉意象很丰富，如："朱雀桥""野草花""乌衣巷""夕阳斜""王谢堂前""燕"，以致使它本身染上很浓的绘画性，正所谓"诗中有画"，望之欲出。然而，诗中所有的色泽与气氛，却是悲怆哀愁的。当诗人来到乌衣巷，目睹倾圮的侯宅、蔓延的野草以及残照西下的景致，心中势必生起思古之幽情。

就整首诗来观照，我们发现诗人借着客观的景象，作了三次时空的对立，产生极大的张力，即：

朱雀桥边←→野草花
乌衣巷口←→夕阳斜
王谢堂前←→寻常百姓家

曾经长在朱雀桥的原是奇花异卉，如今则被荒草野花所覆遍；乌衣巷口的岁月曾是日正当中，如今则已是落日西斜；旧时辉煌的王谢堂前，现在已被寻常百姓家所取代。

金碧辉煌沦为破落苍茫固然是令人唏嘘的自然铁律之一，我们在唏嘘的慨叹里，是不是应该别忘了：死亡的废墟也可以是再生的基址？

有的诗评家将"王谢堂"与"百姓家"视为同一空间，只是盛时为王谢的宅第，衰时则为平民百姓的住家，所以，燕子飞进的地方并没有改变，所改观的只是人世间的沧桑罢了。从其间的盛与衰、富与贫，当然可以令人体会人世的无常与伤感。就这样的角度来赏析此诗，也是可以并存的。

【作品】

石头城

山围故国周遭在，潮打空城寂寞回。

淮水东边旧时月，夜深还过女墙来。

【语译】

这座被群山围拥的故城，周遭的景物看来没有什么大的改变，只听得哗哗的潮水不断地拍打着城墙，打出一声声寂寞的回响。

似乎所有南朝的伤心事都已然成为过去，可是，淮水东边那吴国时即有的月亮啊，在这个更深夜半的时刻，还一步步、冷肃肃地跨过城垣而来。

【赏析】

这首诗也是刘禹锡《金陵五题》中的一首，同属于抚今追昔、感触人世沧桑的作品。

"石头城"三个字就给人一种牢固的永恒感，它本身也确实如此，以它的持久所见证到的人世变迁，却不免充满着盈则虚、满则亏、盛则衰的无常悲感。这座城市不断上演着许多翻云覆雨的历史镜头，是战国时期楚的金陵城，位于现在南京市江宁区的西边。东汉末年，东吴的孙权移治建业（今天的南京），曾修筑石头城来储藏财宝军器。等到赤壁战后，天下三分之势已定，孙皓继孙权而立，最后投降晋将王濬的所在就是这里。而南朝几个朝代一直到灭亡的这段时间，都建都在建康（南京）。石头城也往往成了建业、建康、金陵、南京的笼统称呼了。

诗人来到石头城，不禁联想到它背后隐藏着的兴盛衰亡，从现在顺着历史的河流回溯到遥远的过去，再从那儿渡向现实来：

山围故国周遭在，潮打空城寂寞回。

眼前这座躺在群山怀抱中的古城，看起来是那么沉静，周遭的景物仿佛铁证如山地存在着，可是，群山围得住的只是物象，围不住的是星流云散的大千世界。而"在"之一字所能坚执的又是哪些？跑跑龙套、略露一露脸，就算活过了吗？叱咤风云、不可一世的豪杰，也许历史会为他留一席之地，可是，他也无可或免地要行色匆匆地谢幕！那么整座石头城在诗人的思潮中，将暂时跌进历史的真空，这也就是诗人用"空"字来形容石头城的原因了。相对不空的却是"水"，那永远倾诉不完的潮水，那流走的童年、冲失的青春、席卷而来的豪情，又吞蚀残生的时间之潮呀，它拍打着空荡荡的古城，打出了血泪悲辛，更打出了千古如一的——寂寞。

潮水就那样起伏、奔腾，起先，你的思绪还会跟着它跃动、急喘，把所有红尘中的闹炽和冷肃都给拿来细细咀嚼，嚼得久了，就愈加觉着齿颊间苦涩丛生。直到你的思潮疲倦得像一只瘪了气的破球，瘫垮在心灵的深处时——猛然，你又听见那哗哗的潮声，依旧那么新鲜，却也那么苍老地诉说着我们的过去，甚至点醒我们当局者迷的现在，以及预告着茫然不可知的未来。多少人能听得来这自然的心声？

心思细锐如针、胸怀浑厚似海的人们是听得来的。他们的眼睛不只用来看眼前的现在，他们用精神去跨越时空，用心灵去感知人和天的关联，用理智与热情寻找全人类安身立命的所在点。他们的内心填满了觉醒的悲苦，他们很了解人间的一切欢乐美好、伤心丑恶，都不过是稍纵即逝的景象，只有天地宇宙不朽，以短暂有限的人生与长久无垠的自然相比，难免生出强烈寂寞的悲慨。李白《把酒问月》诗云：

今人不见古时月，今月曾经照古人。
古人今人若流水，共看明月皆如此。

明月就是天地宇宙的一种象征，永恒、明亮，但清冷。所以，刘禹锡在感受人的基本寂寞之余，望着淮水东边的皓月，忍不住轻声叹责："夜深还过女墙来"，肆照幽人之未眠。这个"月"，诗人认清了，一点不含糊，正是战国、两汉的明月，也是魏晋南北朝隋唐的明月，更是当下的明月。

所以，淮水东边的旧时月，夜半更深跨城而来，它跨过的岂止是诗人笔下的一道短墙？所铺陈的又岂止是一份善感多情？当人彻底觉醒而纵身宇宙永恒的秩序时，所跨过的当不只是个人的荣辱生死，所欲追求的也不只是生命的涅槃净域而已，而是奋力扛起了全人类无休无止的苦痛，永恒地燃烧自己。

西塞山怀古

王濬楼船下益州，金陵王气黯然收。

千寻铁索沉江底，一片降幡出石头。

人世几回伤往事，山形依旧枕寒流。

今逢四海为家日，故垒萧萧芦荻秋。

白居易

（772—846）

　　生前即享盛名的中唐诗人白居易，生于唐代宗大历七年，卒于武宗会昌六年，在当时极具影响力，他大部分的作品走的是社会写实的方向，内容大多取诸时代的现实事态，反映中下阶层人民的心声，表达的方式更力求通俗平易，所以，很受大众的欢迎。他的作品的不朽，原因不是单一的，除了具有社会价值、通俗易晓外，恐怕最最主要的，还是隐藏在诗歌里头那一颗炽烈的爱心吧！

　　天底下大概没有侥幸的成功，白居易的寒窗苦读，据说到了"口舌成疮，手肘成胝"的地步。十五六岁时，他曾经带着自己的作品，独自跑到京城去求见著作郎顾况。顾况本性恃才傲物，喜欢笑谑同僚，对于晚辈的文章，更少推许。当时，他向居易调侃说：

长安百物皆贵，居大不易。

等他看完《赋得古原草送别》一诗后，忍不住赞道：

有诗如此，居天下亦不难。

白居易在三十岁到四十岁之间，对人生充满了信心和热望，与元稹大倡"文章合为时而著，歌诗合为事而作"的文学主张。有名的规讽时事的《长恨歌》就是这一阶段的作品。宪宗很赏爱他的才华，曾召他为翰林学士，白居易也以为千里马遇到了伯乐，于是，竭尽所学努力上疏言事，并创作了许多讽喻诗篇。

树大招风，四十岁以后他开始走入人生坎坷的境遇。倾其全部生命力极度关心国事的结果，竟是一连串的贬谪。受贬江州司马的白居易，写下了千古名作《琵琶行》。前后长达六年之久的放逐岁月，磨蚀了居易英锐的气概和用世的赤忱，也历练出他抉择知足常乐、随遇而安的生命态度。

七十一岁那年他才真正摆脱俗务退休，过着与僧侣往来的清淡生活。他常常是一袭白衣，拄着鸠杖，行吟于香山之间，自称"香山居士"。

他是一个大挣扎、大痛苦的中国知识分子的典型，也许，他的作品能让人寻到极深极大的共鸣感吧？

【作品】

赋得古原草送别

离离原上草，一岁一枯荣。

野火烧不尽，春风吹又生。

远芳侵古道，晴翠接荒城。

又送王孙去，萋萋满别情。

【语译】

原野上长满了离离可见的野草，随着岁月的流逝，它们每年枯萎了以后，都会再茂盛起来。

野火好像永远烧不尽它们，只要温暖的春风再度吹起，就又生长得遍地都是。

向远方不断伸展过去的野草，渐渐地把古老的道路也侵占了。晴天里，可以望见翠绿的草原连接荒凉的城郭。

现在我又要在这儿送你远行，繁盛的芳草似乎盛载着我们依依不尽的别情。

【赏析】

这首诗是白居易十六岁时的作品，借着歌咏草生之无间，来抒写送别的情怀。文字平浅但含义出色。

"草"和"送别"本来是毫不相关的两件事，但是，在诗人美妙的联想下，便有了诗意的关联。江淹《别赋》云：

春草碧色，春水绿波；送君南浦，伤如之何！

王维《送别》云：

春草明年绿，王孙归不归？

都是借春草写离绪归情，由草的滋生触发许多美丽的联想。

白居易的《赋得古原草送别》，也是着重于"草"与"送别"的类似性，使两者之间的关联更加密切、具体。一如李煜《清平乐》所说的：

离恨恰如春草，更行更远还生。

随着我们生活经验的深浅，得到的感受当然也就不尽相同了。

诗的第一、二两句，写草的生长状态，一年之间包含着繁盛与枯萎的历程。第三、四两句，描述野草顽强的生命力，任野火焚烧，逢春又繁盛。第五、六两句，写草的繁盛状态，侵占了古老的道路，连接着荒城，呈现出草原的辽阔。"古道"和"荒城"开启下文，是送别的伏笔，也正是临歧分手的地方。第七、八两句，直言送别，并以草的萋萋比喻送别的情感。以上是从诗表面的文字所求得的第一层次的了解。

如果我们愿意把此诗的意义，落实到"由草的荣枯到人的聚散"这一层相互的关联上去品味的话，那么，它的情调旨趣可能将更繁富多姿。

对于一个阅尽人间的荣华与沧桑、年事已长的人来说，他的内心很可能已从绚丽归于平淡。当他读这首诗的时候，也许自然而然地会往哲理的神思去探索，而悟识到小草一年之间的历程，正表现了宇宙中循环不已的真理，草的荣枯盛衰，正如同人世剥复否泰的征兆，那么人间的聚会离散，也不过寻常视之而已。

然而，当诗中融入比较直接的自我经验后，诗味便大异其趣矣。"侵"古道、"接"荒城的"离离原上草"，或者从他内心的省察观照，便反映成崎岖的世道人心、永远去之不尽的小人了。而"王孙"的离去，便影射成君子的正道难行以及去国的贞决。

至于某些笺释家以为，此诗"句句说草，都是句句说小人"，则完全从借物取喻的观点来看这首诗，难免失之褊狭，把诗意范围得太紧了。

俞陛云在《诗境浅说甲编》中说：

但诵此诗者，皆以为喻小人去之不尽，如草之滋蔓。作者正有此意，亦未可知。然取喻本无确定，以为喻世道，则治乱循环。以为喻天心，则贞元起伏，虽严寒盛雪，而春意已萌。见智见仁，无所不可。一篇《锦瑟》，在笺者会意耳。

这样的读诗态度是很可取的。文学本是独立存在的有机之美感形构，它既容许读者作理性的联想，更容许读者在它感性的奥秘中寻索新的意义。白居易的这首诗之所以能到今天还让许多人朗朗上口，想来绝不是偶然间的幸运。

【作品】

望月有感

时难年荒世业空，弟兄羁旅各西东。
田园寥落干戈后，骨肉流离道路中。
吊影分为千里雁，辞根散作九秋蓬。
共看明月应垂泪，一夜乡心五处同。

【语译】

时局艰难里偏又遇上饥荒，祖先留下来的产业都耗空了。作客在外的弟兄们，有的在东，有的在西。

经过这么大的战乱，田园都已经残破荒芜。到哪儿去寻找骨肉至亲呢？想必都流落在异乡的道路边吧？

我哀伤地望着自己的影子，觉得像是迷散在千里外的孤雁一般。亲人们各自漂泊，好像深秋里离了根的蓬草，随风流浪。

大家在看明月的时候一定会忍不住潸潸泪下，彼此虽然散处在五个地方，但思乡念亲的心情却是一样的啊！

【赏析】

这首诗原来的题目是《自河南经乱，关内阻饥，兄弟离散，各在一处。因望月有感，聊书所怀，寄上浮梁（今江西省景德镇东北）大兄，於潜（今浙江省杭州市西）七兄，乌江（今安徽省和县东北）十五兄，兼示符离（今安徽省宿县北）及下邽（今陕西渭南县）弟妹》。从白居易的生命史来看，唐宪宗元和九年（814），他四十三岁，授为太子左赞善大夫。这年，宪宗开始用兵淮、蔡，征伐吴元济。次年六月，李师道因为上表请求赦免吴元济没有成功，便秘密派遣刺客在京城刺杀了宰相武元衡。白居易听到这个消息，非常热心，首先上疏请捕盗贼。宰相讨厌他越职言事，便找了一个借口，说白居易的母亲因为看花堕井溺死，而他还有心情作《赏花》及《新井》诗，实在浮华无行、甚伤名教。白居易因此受贬为江州刺史，接着再贬为江州司马，这时他四十四岁，对这次打击曾经自白云：

　　面瘦头斑四十四，远谪江州为郡吏。
　　逢时弃置从不才，未老衰羸为何事？
　　火烧寒涧松为烬，霜降春林花委地。
　　遭时荣悴一时间，岂是昭昭上天意。
　　　　　　　　　　　　——《谪居》

　　在这样的情境下，他感触满怀，写出了造词寻常但含义深挚，结构紧凑一如环钩相扣的《望月有感》诗。我们先来看首联：

时难年荒世业空
弟兄羁旅各西东

　　如果"时难年荒"是因，那么"世业空"就是果；如果"弟兄羁旅"是因，那么"各西东"就是果。当然，我们也可以把整个第一句看成是因，第二句就是果了。多难的时局又逢上饥荒，使祖先遗留下来的产业都没有了。"空"字说明了当下凄惨的情境，同时也展示出昔（有）今（无）对比下的悲凉。对于时难、年荒、世业空，这一连串的打击，他是无可如何的，只有认命罢了。要是弟兄们能共同生活在家乡，彼此扶持，也许尚能慰藉离乱时代的情怀于万一。可是，连这渺小的希望也给时运的魔手捏碎了。"各西东"既点明兄弟流散的方向，更拓延、增厚了羁旅的思情与离乡的悲愁。诗人从自己的颠沛流离想及自己家乡和亲人的景况。

田园寥落 干戈后
骨肉流离 道路中

这两句都是倒装句法，上句承"时难年荒世业空"，下句接"弟兄羁旅各西东"而来，和盘托出一幅战后离乱图。"田园""骨肉"两意象被提到上面，除了加强语气外，也迫切道出他内心的意愿：多么渴望回归故乡，与弟兄们共聚一堂。但是，眼前的情势——干戈后寥落的田园、道路中流离的骨肉——却把这个期待彻底否决掉了。

由于故园的破灭和亲人的离散，使得诗人独自默默咀嚼乱世加上不遇的悲辛：

吊影 分为 千里雁
辞根 散作 九秋蓬

"吊影""辞根"既譬喻自己，也暗示他的诸兄和弟妹。同样的"千里雁""九秋蓬"既指自己，也譬喻他的诸兄和弟妹的处境：看看自己的影子，就像只失群在千里外的孤雁；离乡（根）各自流浪，就像秋天里离了根的蓬草，随风飘零。"分为""散作"语气激切，把"我"与"物"、主观与客观的情景叠合了。于是，"千里雁"的孤独与"九秋蓬"的漂泊，便等同于诗人与他的诸兄和弟妹的化身了。白居易曾说：

我身何所似？似彼孤生蓬。

秋霜剪根断，浩浩随长风。

——《我身》

也就是这种心情的感喟。从词义的结构来看，第五、六句仍然与前面的脉络互相呼应。

诗人的情绪到此已经是行到水穷处了，一首诗作如果就这样结束，那就陷入了永恒的黑暗中。可是，我们知道宇宙的消息是更替的，黑暗的尽头总有天光。诗人在一片沉黯忧伤里，并没有忘却坐看云起的精神力量，所以，他说：

共看明月应垂泪，一夜乡心五处同。

他不以否定或蔑视悲哀来鼓励自己，悲哀还是存在的，家国和一己的困厄都不是一下子能够云开见日，承认它并不被它击倒，在残破里找寻新的力量就是诗人的意旨所在。大家同时看到明月，应该都会掉泪吧，那么，就让泪水尽情地流泻出来吧。虽然彼此离散在五个地方，但思乡的情愫却是一样的，彼此想望的心境也没有不同才是。

有了这样的感受与认知，有了这样的体贴与支持，就算阴暗再浓、再重，怎能没有一股温暖自心底升起呢？

【作品】

钱塘湖春行

孤山寺北贾亭西，水面初平云脚低。

几处早莺争暖树，谁家新燕啄春泥。

乱花渐欲迷人眼，浅草才能没马蹄。

最爱湖东行不足，绿杨阴里白沙堤。

【语译】

杭州西湖中有一座孤山寺，孤山寺的北边有一座贾亭，我从贾亭的西边望过去，只见斑斓的云朵俯向新春初平的水面。

耳旁传来一阵阵清亮的鸟啼，原来是温暖的树林里几只早醒的乳莺正相互追逐着。忽然又听见一起一落的剥啄声，呀！不晓得是哪户人家新生的燕子在啄着春泥哩！

一大片的繁花渐渐迷乱了我的眼睛，嫩绒般的青草似乎把马蹄都要掩没了。

我最爱在钱塘湖的东边游逛了，逛着逛着总觉得意犹未尽。才一抬眼，又瞥见绿杨的柔阴里，横躺着一带美丽的白沙堤。

【赏析】

白居易在他自编的诗集里，把作品分为讽喻、感伤、闲适、杂律四类，似乎也可以反映出他一生心路历程的转变。这首《钱塘湖春行》颇具闲适的风格，是他五十二岁时在杭州刺史任上作的。这时的白居易，已经饱受宦海浮沉的沧桑，原先的英锐气概被磨蚀得差不多了，他开始索寻知足常乐、随遇而安的生活态度。流现在诗篇里的，无形中也充满了这样的情调。

起首两句，写景物的静态存在。第一句点出空间的具体位置，"孤山寺北贾亭西"似乎成了诗人独拥的天地了；接着视野往外扩张，呈现一片极安宁寂静的画面："水面初平云脚低。"间接说明了时序是春天，初平的水，象征初春平和的氛围；"云脚低"将物拟人化，设想奇突可爱，令人在亲切的感觉下，想见云影天光倒映在波平如镜的水面（云因为低俯，造影必很繁复、柔美）的景致。

第三、四句糅杂感觉、听觉、嗅觉多重意象，形成颇具动态的美感。"莺"和"燕"都是春天的使者，带有活泼、灵柔的气息，它们的凑泊无疑触响了春天悦耳的音韵。几处"早"和谁家"新"，加强了它的新鲜味道，而"争暖树"与"啄春泥"更以灵跃之姿来夸示它的忙碌和热闹。"暖"字明示春寒渐去的舒适，"春泥"更使人联想到大地解冻后的芬芳。这两句诗，使整个原本静止的场面，陡然跳动起来、温馨起来、可爱起来。

慢慢地，诗人从一名旁观的赏玩者，融入充满生命契机的宇宙里去了：

乱花　渐欲　迷人眼
浅草　才能　没马蹄

我们仿佛看见在乱花浅草中踏青的诗人，眯着眼儿跨着瘦马，是那样一派天真、满怀得意。"乱"字和"浅"字本极寻常，但"花"称之为"乱"，"草"谓之为"浅"，可就韵味超俗了。我们平常顶多会说眼睛被乱花所迷，马蹄被浅草掩没，可是，白居易不肯这么写，他故意把主体（人）和客体（物）互相调动位置，这么一来，乱花、浅草都从静止的存在转变成灵活的动作者了——乱花"欲迷"人眼，浅草"能没"马蹄——而人，反成为被作用的个体了。诗人就是能化无情为有情，所以，才有许多所谓"反常合道"的作品创生出来，"理"和"情"又何必固守在狭隘的范畴内呢？

以有情之心来观照人生世界，最能凸显出诗人性情的率真可爱。"最爱湖东行不足"，稚气而坦率，道出诗人与自然交融的愉快心声。"爱"之不足，尚且要加上一"最"字，是何等的多情！这股"情"又是何等的洒逸不黏滞！末了又将"情"转折入婉柔不尽的"景"里——"绿杨阴里白沙堤"，正呼应了整首诗的精神意境。"绿""阴""白"是多种美丽柔和的色泽，"杨"和"沙堤"又是极婉约的物景，整座白沙堤躺落在绿杨的柔阴中，其间又隐约现出蹓马寻春、相看两不厌的诗人。

截情入景也好，截景入情也罢，诗之所以为诗，就是希望情景交融、余味不尽。白居易这首诗，就在一片绿杨白沙的尾景中，回荡着耐人寻味的情韵。

【附录】

闲居春尽

闲泊池舟静掩扉，老身慵出客来稀。

愁因暮雨留教住，春被残莺唤遣归。

揭瓮偷尝新熟酒，开箱试着旧生衣。

冬裘夏葛相催逐，垂老光阴速似飞。

问刘十九

绿蚁新醅酒，红泥小火炉。

晚来天欲雪，能饮一杯无？

柳宗元

（773—819）

柳宗元是河东解县（今山西永济市附近）人，字子厚。生于代宗大历八年（773），卒于宪宗元和十四年（819），死的时候才四十七岁。

宗元二十一岁考上进士，二十四岁中博学宏词科，才名轰动一时。三十岁任监察御史。顺宗立，王叔文当政，举荐他为礼部员外郎，才八个月，顺宗病重传位宪宗，政局立刻大变，王叔文被贬死，宗元也被连累了。

元和元年九月，他被贬为邵州刺史；赴任途中，又追贬为永州（今湖南永州市零陵区）司马。永州地理荒僻，但是周围环境山明水秀，柳宗元从三十四岁到四十一岁这段时间都住在永州，以读书著述及游山玩水自遣，文名益盛。

元和九年他被召回京都长安，第二年又出任柳州（今广西柳城县西）刺史。在这儿他一共住了四年，眼看毫无回归的希望，病得很严重时，他曾写信给好友刘禹锡说：

我不幸卒以谪死，以遗草累故人。

最后终于死在柳州，大家习惯称他为"柳柳州"。他死后当地的居民很怀念他，还特地盖了庙宇来祭祀他。

宗元的性情原属于刚强正直、好大喜功的类型，年轻时更是锋芒毕露，嫉妒他的人就骂他"狂疏轻薄"。可是，等到被贬谪后，身心挫伤剧烈，终于改变了他整个的人生观，性情也内敛谦和多了。

除了在文坛上占着极重地位的山水游记和寓言小品之外，他的诗歌也相当有特色，大部分歌咏田园山水的景物，兼有陶渊明、谢灵运两家的诗风，意境极为悠远冲淡（如《江雪》《渔翁》等），往往富于禅味。然而，这种怡然自得有时候却是勉强造作出来的，他曾经剖诉自己最内在的心声说：

嘻笑之怒甚乎裂眦，长歌之哀过乎恸哭。庸讵知吾之浩浩非戚戚之尤者乎？

因此，在寄赠给至亲好友的某些作品中，他往往表现出另一番面目，不再强颜旷达，尽情把内心的忧愤郁结倾泻出去（如《别舍弟宗一》《衡阳与梦得分路赠别》），这类真情流露的作品实在动人。

金朝有一位论诗大家叫作元好问，他那极有名的《论诗绝句》曾经这样评述柳宗元：

谢客风容映古今，发源谁似柳州深？
朱弦一拂遗音在，却是当年寂寞心。

是的，元好问不仅论触到宗元诗风的来龙去脉，并且把他内心受创的痛苦，也一并勾索了出来。

【作品】

江雪

千山鸟飞绝，万径人踪灭。

孤舟蓑笠翁，独钓寒江雪。

【语译】

峰峰相连直到天边的山脉啊，鸟儿都绝迹了。曲折的山林小径，更是看不见半点人踪。

这当儿，远处有艘孤零零的小舟，小舟上有个穿蓑衣、戴笠帽的渔翁，只见他独自在雪花漫天的江面上，默默垂钓着。

【赏析】

这首《江雪》称得上是柳宗元的代表作。从他整个生命的转折变化来看，类似《江雪》的田园山水诗，大多是他三十三岁受贬谪以后的作品。由于宗元性爱佛理，对世事风云颇有一份深致的观照省察，因此，这类陶铸性灵的诗作，往往已经滤净颓废悲观的色彩，而呈现出极清淡怡适的情味。

下面我们慢慢缘着文字滑入诗心里去玩索它吧。《江雪》开始两句是：

千山鸟飞 绝

万径人踪 灭

乍读之下，就是一片窒人的无边无涯的沉寂。其实，我们先看它的源头："千山鸟飞""万径人踪"，那该是多么闹意纷生的活泼泼的世界！这种当下即临的景象，怎能不唤起人过去经验的醒觉？加上几乎是本能的移情作用，认同物我，他可能忆起往昔多彩多姿、追名逐利的宦海生涯，岂不如同千山里众鸟纷飞，万径中人迹杂沓！这一切富华，感觉上竟恰似那一现的夜半昙花，徒然留给诗人苍莽的怅惘。所以，虽然千山曾经鸟飞，万径也曾有人踪，到了此刻，却是彻彻底底"绝"了、"灭"了。

诗里面的景致是逐渐转换的，空间由大而小，再从小转大。好比电影上的镜头，幕刚一拉开时是一望连天、重峦叠翠的山脉，接着是浓荫蔽天的森林里，此起彼落着鸣叫的禽鸟；接着，镜头下俯，我们看见林间小径，正往来着三三两两的寻幽者，倒也点缀着一片生意。可是，不知从什么时候开始，鸟鸣一声声隐没了，人迹一点点消失了，终于镜头跌入无垠的死寂中——诗人就是用了两个斩截的字眼儿："绝"和"灭"，把原来闹纷纷的"有"推向无边的空"无"，使得一度喧哗热闹的世界，仿佛慢慢化为空茫寂静的雪景。笔力何等千钧！造意又是何等的突兀！

所以，当外在的景观已经绝灭，已经烟消云散，诗人以心眼望出去再望回来，正是雨雪霏霏，迷蒙一片，透过佛理的空观，诗人岂不是正处于走出绚丽、步入淡泊的境界？

当"千山""万径"（乃至"鸟飞""人踪"都已没入白茫茫

的大雪中，原来偌大的空间就更加拓展，氛围也更加默寂，仿佛天地已然静止，无声无息了。这时候观（读）者在定静的表壳底下却潜伏着一颗蹦跃的、企望的"活"心。诗人终于解开困境，写出一线生机：

孤舟蓑笠翁

远远的、模糊的，依稀泊息着一艘被世界遗忘了的孤零零的小舟。再定睛凝神一看，咦，舟上还有个披蓑戴笠的老翁，在这样冷寒的雪天里，他自己一个人不怕冷吗？独自跑到这苍茫的地方来做什么呢？呀，有了，细得几乎看不出来的一条钓线，正从他握着的钓竿垂向江面去，呵，他原来在：

独钓寒江雪

驾着一叶小舟的渔翁，在偌大的雪天空茫里，独自以微细的钓丝，垂钓一天迷蒙的江雪，多么渺小，又是多么孤绝。眼前的江面随着渔翁细微钓丝的指向，而展示出万顷江雪，使人觉受到其间人物有置身雪连天、天连雪的上下压迫感，但是，这种看似困绝、孤寒的情境，将由于"独钓"的动作（当然也包括心灵意绪）而逐渐减轻或解除，从而揭发一种怡然自得的知趣。

《江雪》中的渔翁可以说象征了诗人内在的坚执，他正视自己现实的遭遇——贬谪以及谪居的深重孤寂——进一步静观万物，入乎其中，又出乎其外，掌握了适性的寄托。至少，在这一段心路历程里，他是不断地追求这个的。

渔隐这类题材，在中国古典诗歌里极为常见。清蘅塘退士的《唐诗三百首》共收录柳宗元的诗五首，其中两首就是属于写"渔隐"的，一首是前面提到过的《江雪》；另一首则是被苏东坡誉为"熟味此诗有奇趣"的七古《渔翁》，我们把它引录下来参考：

> 渔翁夜傍西岩宿，晓汲清湘燃楚竹。
> 烟销日出不见人，欸乃一声山水绿。
> 回看天际下中流，岩上无心云相逐。

柳宗元的渔隐诗是别有一番况味的，他能"吐胸中之造化""写胸中之丘壑"，使得气韵暗藏在笔墨间，所以，他一下笔，所到之处尽是撼人的气韵了。而且，读呀读的，我们眼前竟像似出现了一幅绝妙的山水画哩！看来诗中有画，画中有诗也不是王维独擅其场的。

【作品】

别舍弟宗一

零落残魂倍黯然，双垂别泪越江边。
一身去国六千里，万死投荒十二年。
桂岭瘴来云似墨，洞庭春尽水如天。
欲知此后相思梦，长在荆门郢树烟。

【语译】

被贬谪以来，我的魂魄就七零八落的，有说不出的伤悲。眼前依稀是那天和你在柳州江边别泪纵横的情景。

此回远离家国足有六千里路之遥，我这投荒的逐臣，在生死纠缠的边缘也挣扎了十二年。

僻陋的桂岭瘴气弥漫，经常不见天日，连云朵看来也是阴惨的墨色，如今你即将远游春光柔媚、水色如天的洞庭湖。

以后我怀念你的梦境，该会长留在荆门边的树影云烟间吧？

【赏析】

宗元被贬谪前后达十一年之久，后来获召回京，仅仅三个月，又再出为柳州刺史。这首诗就是在他希望复燃后再度幻灭的绝望心情下所写的。他到柳州四年就去世了，死的时候才四十七岁。

经过一贬再贬的身心打击，使得诗人的心魂支离破碎，所以说："零落残魂"。"零""落"和"残"本来意思相近，在这里三字叠用来形容"魂"，无非是强调受创之巨且深。第二句，同样以"双""垂"和"别"三字连用来形容"泪"，尤见其双眼凄然、涕泪纵横的惨致。上句纯写情，下句以景衬情。此诗劈头就忍不住奔泻出满腔的悲辛——受贬蛮荒十一年之后，满以为云开见日，从此告别阴郁，哪里料得到，恶上加恶，苦中增苦，接着还得再贬僻地柳州呢！诗人空负满怀用世的才情，不仅不受谅解，甚且被误认为朋比为奸，因而注定大半生的颠沛流离，这个就是他最大的痛苦的根由。

第三、四句写的是空间与时间的双重阻遏。从辽遥六千里的去国跋涉，穿织着生死血泪的十二年投荒岁月。"一身"之与"六千里"，强烈的对比正道出坎坷前途的孤独与无助；"万死"之与"十二年"更说尽了谪居生涯的奇险与漫长。

从过去种种的坎坷灾厄，诗人进而联想到即将远赴的谪地——桂岭，竟也是个"瘴来云似墨"的人间狱境。昔日的崎岖，诗人尚且刻骨铭心，往后的路长人困更难以言宣了。"瘴"是山林沼泽中的疠气，最容易让人害病，加上云雾如墨，一旦置身其间，举目广辽，前无古人，后无来者，此种忧戚岂是"怆然涕下"可解其万一？

浸淫在悲郁愤懑的深渊里终究不是人生的究竟，诗人慢慢将痛楚的视照转移开去，是的，眼前固然蹇困万分，可是，还有一些令人喜悦的讯息在跳跃着呀！那就是春尽水如天的洞庭湖，不久就召唤弟弟前去。那个地方风和景秀，人情暖馨，与桂岭的阴郁幽寂相比，不啻天堂地狱啊！

第七、八两句在浓密的离愁里更梭织着诗人的一片亲情，深入一点去看，它也沉痛地暗示着他的梦魂对现实逆境的排拒与冲越，以虚渺的梦幻企图超越执固的现实，无论如何只会惹来更严重的挫伤。"烟"与"梦"的对用，隐喻着浓厚的迷离恍惚，而诗人竟也只能在这样渺茫无定的希冀里，找寻些微支撑生命存活的力量。

"文章憎命达"，似乎颇有道理。以左手写诗的柳宗元，如果我们残忍一点来识知：要是没有那样惨痛的人生阅历，也许，他的诗作将很难千古共传吧？天才的火种，若没有外在世界的激刺引发，恐怕也难以迸裂出闪耀宇宙人间的火花来。

【作品】

登柳州城楼寄漳、汀、封、连四州刺史

城上高楼接大荒，海天愁思正茫茫。

惊风乱飐芙蓉水，密雨斜侵薜荔墙。

岭树重遮千里目，江流曲似九回肠，

共来百粤文身地，犹自音书滞一乡。

【语译】

我登上柳州高大的城楼，极目远眺，外面连接着一大片荒漠的原野。想着几位好友都远谪异地，茫茫的愁思就像海连天、天连海般地无穷无尽。

一阵阵急风猛吹过去，惊动长满荷花的湖水，紧密的雨点不断扑打在爬满薜荔的墙垣上。

山岭的树林重重叠叠，挡住了千里以外的视界。江流曲折委婉，好似九转的回肠一般。

诸位和我同被贬谪到百越蛮荒之地，这儿的土著还在身上刺绘纹彩呢！可是彼此阻遏在一乡，音书也很难互通，岂不令人满怀惆怅？

（按：漳州、汀州、封州、连州四位刺史分别是韩泰、韩晔、陈谦、刘禹锡。他们和柳宗元同坐王叔文党，一贬再贬，备尝悲辛。）

【赏析】

这首诗是柳宗元二度受贬至柳州，初到任时登柳州城楼，触目伤怀，系念几个谪处南荒各地的好友而写成的作品。

诗人为了自我安慰，常喜欢说些"登高可以望远，远望可以当归"的痴话。果真如此，乡愁又哪成其为乡愁呢！当诗人不得不接受命运的安排而万里投荒时，他到了所谓的目的地后，势无可免的会去登城楼（好比王粲写《登楼赋》，他的心情也是极为愀怆的），本是为了远望，远望似乎又为了当归——可是，触目所及，尽是广漠无垠的荒野，如果平芜尽处是青山的话，那么，家就是青山以外的以外了。诗人置身在如此辽广苍茫的空间里，内心忍不住悲愁滚滚。从自身的被隔绝、被困厄，进而联想到跟自己遭遇相仿的四位好友，同在受苦受难中，但这份关怀又无从寄诉，所以说"海天愁思正茫茫"。"海""天"都是无尽无涯的浩瀚象征，这两个意象相粘接，正足以构成极宽广、极深致的况味，用它来形容"茫茫的愁思"，一则贴景（百越诸地近海），一则入情。

接着，诗人以"惊风""密雨"状当前景物，正引述他惊魂未定、愁思密集的心息。"风"和"雨"都给人摧折之感，记得白居易《与元微之书》里提到微之闻悉居易受贬的消息，大为悲恸，赋诗云：

残灯无焰影幢幢，此夕闻君谪九江。
垂死病中惊坐起，暗风吹雨入寒窗。

也是以"风"和"雨"来衬托和象征人的情境。"惊"风和"密"雨更使风雨狂厉达到极点，而它们凌逼的对象又是那柔弱的芙蓉和卑渺的薜荔，这里可不正隐隐然控诉着诗人饱受折辱的哀楚？

第五、六句把诗的镜头从近景拉开，投向更辽远的远景。"岭树"跟一般的树木不同，它密生在崇山峻岭、层峦叠嶂之中，恰好阻断了遥遥难及的乡关，也碍痛了诗人目极千里的乡愁，而乡愁中又包含了对至友的关切之情。"江流曲似九回肠"乃是以具体的物象来比喻抽象的情怀。那逶迤宛转、盘桓不尽的江流，就如同踌躇烦乱的心思，错综复杂，无由觅其端绪。"江"和"流"所逐的"水"意象，又令人有"泪"的联想，而这股情泪是婉曲难宣、迂回不尽，既无始又无终的。

末了两句，粗看似乎也有一份无可奈何的黯然之意。既然大家的命运大同小异，都受贬至如此蛮荒僻陋的地区，理应互通音书，彼此相濡慰藉，在知命的体认中，困苦但坚毅地走完人生的路程——可是，事实上，连这内在情思的净化、提升，都因着外在情境的阻遏而告止息。"犹自"一如"兀自"，这两个字饱蕴了多少诗人内心的悲愤和多少对惨淡命运的抗议。

打击、摧毁一个知识分子，尤其是彻底觉醒了的知识分子，恐怕身心兼具的贬谪放逐是最苛酷的一种了。在内外煎迫的环境下，这位满心忧苦的旷世文人，终于以四十七岁的英年饮恨柳州，告别了人间永无休止的生衰住灭。

元稹

（779—831）

夸张一点来说，《莺莺传》的不朽也就是元稹（微之）的不朽。当然，除了这篇传奇作品之外，元稹还有不少诗文都是响当当的，他的留名并不是非靠《莺莺传》不可。我们之所以劈头这样介绍他，一来顺水推舟，二来也是为了强调他多才多情的形象。

元稹生于唐代宗大历十四年，卒于文宗太和五年。他是河南（今河南洛阳）人，排行第九，朋友们常常唤他"元九"。他十五岁考上明经，不过当时读书人黄金屋颜如玉的目标在于"进士"，明经算不了什么。传说他曾兴冲冲跑去结交鼎鼎大名的诗人李贺，被李贺轻蔑地损了一句：

明经及第，何事来看李贺？

元稹又羞又气，等到后来得意时，并没忘记回报一支"暗箭"过去。

贫寒出身颇具文才的元稹，和大多数的年轻读书人一样，虽也有用世的热诚，但毕竟是功名第一。他的宦途起起落落，曾被贬外地达十年之久，不断攀权附贵的结果，终于当上宰相。不到三月，便因和裴度不和，同时罢相。一生功名的巅峰，至此成明日黄花。五十三岁那年，突然死在武昌节度使的任上。

元稹和白居易是好朋友，从贞元到太和三十年间，共同提倡大众化、通俗化的诗歌，在社会上引起极广泛的支持。他们从事的这种反映当时民众心声与现实生活，介乎雅俗之间的作品，称为"元和体"。不但民间流传，即连宫廷里的嫔妃也喜欢吟唱他的诗，大家都称他为"元才子"。

元稹的三首《遣悲怀》，是古今共传的悼亡诗，写他对元配韦氏的深情，极其缠绵悱恻，使普天下多情的人们在同情共感之余，忍不住一掬辛酸之泪。后来元稹虽然两度再娶，但再也没有为她们写下像这样哀婉的情诗了。

【作品】

遣悲怀

闲坐悲君亦自悲，百年多是几多时？
邓攸无子寻知命，潘岳悼亡犹费词。
同穴窅冥何所望？他生缘会更难期。
惟将终夜长开眼，报答平生未展眉。

【语译】

公余之暇我独坐冥思，想来想去都是你哀伤的影像，自己也觉得悲郁起来。百年算是不短的岁月，可是生年不满百，人活着到底又有多少光阴呢？

晋朝的邓攸在逃难时，为了保全弟弟的儿子而忍痛丢弃自己的儿子，他很认命地接受老天的安排。还有一位美容仪富文采的潘岳，心爱的妻子死了，他悲痛不已，为她写了三首悼亡诗，想想其实也没有什么用。

我们死后就算同一处坟穴，但是杳茫无知，又能有什么指望呢？要是寄托愿望在来生，因缘凑泊更是难以期待的了。

现在，你是永永远远离开我了，我唯一能做的，只有整夜不合眼思念你，但愿它能多少报答你一生未能开展的眉头。

【赏析】

元稹和妻子韦氏情深爱重，以三首《遣悲怀》见证人间最可贵的情爱，生与死，时与空不仅没有障碍、减损它分毫，反而铸塑了它的普遍与永恒性。

也许，真如某些心理学者所认为的，人类男女之间的爱情原本不是绝对"一对一"的，如果我们能在这个宽容的基点上去看这首作品，大概能有比较深广的体受。《莺莺传》大致是元稹自身的一次感情经历，这种说法已为大多数人所接纳。正像无数折腾在欲海情天的俗众一样，元稹在告别他悱恻的恋情不久后，就走进了婚姻的世界。使他在婚姻的情爱里刻骨铭心的伴侣就是韦蕙丛——一位安于贫贱的贤惠妻子。现在我们就从这个了解出发，来品析它成为千古绝唱的所以然吧！

闲坐悲君亦自悲，百年多是几多时？

死亡像一把利刃，划开了阴阳两界。平常公务时往往个人的哀愁会退隐到心灵的角落去，等到空闲下来，所有的悲怨就如同日暮时分苍茫的天色，渐聚渐浓，让人无所逃遁。元稹在任何一个可以自骋情思的时刻，都会想起结婚才五年多就去世的妻子韦氏。从眼前的情境回溯到与她生前的百年之约，百年固多，可是又能有多少如意的时光？更何况彼此相聚不过百年的二十分之一，即无以为继了。这便是诗人所以"悲君"亦"自悲"的缘由，感叹着人间无法避免的命运捉弄。

邓攸无子寻知命，潘岳悼亡犹费词。

元稹和韦氏育有五子一女，可惜都夭折了。他以邓攸弃子绝嗣的典故一方面隐喻韦氏的贤惠如邓妻，一方面象征自己极端的悲酸与认命。又用了潘岳悼亡妻的故实，加强他的丧偶之痛。无子的"寻知命"和悼亡的"犹费词"都是诗人故作达观自慰的话，以字面的正面意义翻折出更深刻的反面意义，往往具有一正一反顺逆相激的波荡感，不仅仅使诗意丰繁，并且更刺激了读者的感受。

诗人因自苦自慰而愈悲怆的心情，由第五、六句诗凸显出来：

同穴窅冥何所望，他生缘会更难期。

"同穴"和"他生缘会"都是他所深深企盼的，这个企盼实现的可能性愈大，或许愈能减轻眼前的愁忧。可是，当诗人自己开拓了一线心灵的曙光后，却又马上堕入理性的醒觉意识中：同穴何其窅冥，怎能肯定去希望？纵然同穴了，有知还是无知？至于来生的会聚，更是渺茫难料，即使再会了，能否再续前缘，补偿今世的憾恨呢？

此际，诗人的悲戚已面临绝壁，但对于亡妻的恋眷于怀，则有增无减。于是，当他彻悟死后未知的不可期许、生死遥隔的无可逾越，便转求取生前可知的努力：

惟将终夜长开眼，报答平生未展眉。

"终""长"和"平生"都表示了诗人在时间观念上的固持。"终夜"意味着漫漫的孤寂，诗人独处于其中是静默的"长开眼"是情性的彻底奉献，双眼所以不合，是因为缘尽情未了。诗人透过有形有限的肉眼来观照、绵恋无形无限的爱情余韵，岂止让人感到心动而已！在对于韦氏声情态貌的忆念里，最最触痛诗人内心的，便是她的"未展眉"。她所以未展眉并不是天生的（韦氏系出名门，姿容殊丽），而是因为嫁了元稹以后，穷愁的现实生活有以致之。因此，诗人用"平生"两字来形容她的"未展眉"，适足以映衬他沉重的内疚。诗人在感情的困境里不断磨蚀自己，他对于过去只有懊疚，对于不可知的未来复无能为力，唯一能以自我意识支配的，只有现在——唯有长夜不眠的刻骨相思，才能报答她未展眉的平生于万一。而以有限的"长夜"比起她的一生又是何其渺微与不足为道啊！诗人的痛苦至此再度卷入更深、更不尽的旋涡里。

元稹这首《遣悲怀》大约写在三十岁到三十二岁这段时间，

韦氏是在他三十岁时去世的，相当年轻。后来，元稹再娶两次，也许是为了"无后为大"或其他什么原因，我们并不清楚，但是，从此再也没有留下这样凄楚哀绝的作品了。是曾经沧海难为水呢？还是像晏小山所写的"自古悲凉是情事，轻如云雨"呢？

【附录】

遣悲怀　另二首

谢公最小偏怜女，自嫁黔娄百事乖。
顾我无衣搜荩箧，泥他沽酒拔金钗。
野蔬充膳甘长藿，落叶添薪仰古槐。
今日俸钱过十万，与君营奠复营斋。

昔日戏言身后事，今朝都到眼前来。
衣裳已施行看尽，针线犹存未忍开。
尚想旧情怜婢仆，也曾因梦送钱财。
诚知此恨人人有，贫贱夫妻百事哀。

贾岛

（779—843）

韩愈大力提拔的后进中，有一名性情古怪的苦吟诗人名叫贾岛，他生于代宗大历十四年，卒于武宗会昌三年，字浪仙，是范阳（今河北涿州市）人。

贾岛年轻时当过和尚，法名叫"无本"。三十三岁那年，他到洛阳去看韩愈，韩愈一向反对佛门，就力劝他还俗求取功名，并且教他作文。贾岛终于在四十四岁时考上进士，文宗时曾任长江主簿，所以世人称他为"贾长江"。后来他又做过普州司仓参军，一直没有怎么发达。贾岛的一生非常清苦，据说死后只剩一头病驴和一张古琴。

贾岛身世特殊，生活清寒，他极爱作诗，多取日常事物入诗，作诗的态度，很受杜甫"语不惊人死不休"的影响，加上他来往的大多是僧道之流，所以他的诗清真幽细，里面常带山林之气。孟郊《戏赠无本》说："瘦僧卧冰凌。"苏东坡干脆拿一个"瘦"字来评断他的诗。贾岛自己也说："新题惊我瘦，窥镜见丑颜。"这些话，一方面形容他的人，一方面也譬喻他的诗风奇峭幽僻。

贾岛工于五言律诗，在格律、技巧与创新方面都很苦心精营。一般的诗评大致上都认为他的诗"虽乏佳篇，却时有警句"，如

"秋风吹渭水，落叶满长安"（《忆江上吴处士》）、"鸟宿池边树，僧敲月下门"（《题李凝幽居》）、"共君今夜不须睡，未到晓钟犹是春"（《三月晦日赠刘评事》）等。但是，贾岛实在也有意象俱佳的全篇杰作，如脍炙人口的《寻隐者不遇》就是一首相当超逸绝尘的好诗。

欣赏诗本是"境自随人，各有会心"，也许有人嫌贾岛诗歌的气象不大，而贾岛自道吟诗的苦况是："两句三年得，一吟双泪流！"我们难道不觉得像他这样倾注所有的生命力于诗歌的创作，是多么令人佩服吗？他所谱出的生命乐章，岂不也使我们产生黯然低回的衷心感触吗？

【作品】

原东居喜唐温琪频至

曲江春草生，紫阁雪分明。

汲水尝泉味，听钟问寺名。

墨研秋日雨，茶试老僧铛。

地近劳频访，乌纱出送迎。

【语译】

长安乐游原附近的曲江池，春天一到就绿草丛生。遥望陕西的紫阁峰，积雪未融，在阳光下闪着银白的光芒。

我汲些春水，想尝尝新泉的滋味。这时，远方传来钟鼓的声音，忍不住想问问：到底是哪家寺庙呢？

兴致来了，不妨接点去年秋天贮下的雨水来研墨。戏墨吟咏，怎能无茶佐兴？等等，待我找个老僧用的三足铛，好好烹些茶来细品。

由于我俩住得相近，劳你常常过访。虽说你经常来，可是我也会戴上那几乎遗忘了的乌纱帽来迎接你哩！

【赏析】

虽然贾岛的诗歌，以奇僻、冷苦而自成一格，但这首作品显然不属于此种作风，从诗题《原东居喜唐温琪频至》来看，我们不难了解这首诗的喜甘多于悲苦，而诗的喜味又带有一股山岚雾气，有墨香有茶温，有泉味有钟声。

唐温琪是贾岛住在原东居所（长安的升道坊）时，过往甚密的一位朋友。他的来临使得诗人雅兴大发，原来苦涩的情思都被友谊的温暖淡化了去。某一天，唐温琪正在春光烂漫的时分来了，一路踏着曲江边恣意滋长的春草，一下子仿佛为贾岛携来无垠的绿意。由于紫阁峰厚厚的积雪未消，更显得此地春天的温煦可人。贾岛曾经叹息说："知余素心者，唯终南紫阁诸峰隐者耳！"所以，他一方面既为曲江草生时唐温琪的来访而喜，一方面忍不住联想起紫阁峰上白雪深处的知友来。

客人来了，他很殷勤地汲取新春的井泉，与客共尝一心清凉。突然间传来一阵阵的钟声，他们之间的话题便转到钟声上头。也许是唐温琪在打听，也许是诗人自问，总之，它暗示了这个地方不是凡烟俗障之处（定有不少的庙宇寺刹），他们谈述的当然也不是意气鹰扬的功名……

谈啊谈的，想起去年秋天特地贮存的一缸雨水，何不拿来研墨吟咏呢？于是，诗人研出了墨香，也研出了诗意。猛又想起自己保存的一个老僧铛，正好可以试试新买来的茶叶，于是，他又兴致勃勃烹起茶来。这一切，看在解意的唐温琪的眼里，感受在内心里处，彼此是多么会心啊！

由于住得不远，所以当投机的朋友要告辞时，诗人也不用"浮云游子意，落日故人情"那般的悲凉不已。他们之间的友情就像行云流水一般，自自然然，无须叮咛再叮咛，也不用感伤再感伤，喜欢的话，随时都可以互相探望，探望之前之后，彼此都不必有什么感情上沉重的负担——或许，就是所谓的君子之交淡如水吧。

最后一句："乌纱出送迎"，最耐人玩味了。有人也许觉得这么一首不沾俗尘的诗，怎么末了会冒出一顶"乌纱"帽来煞尽风景呢？其实，不过是诗人温厚地对自己嘲弄一下罢了。贾岛还俗后仕途并不如意，虽然戴过乌纱帽，但都不是什么了不起的官职。他住到长安的升道坊，是四十八岁以后的事，他大概对自己的一生也很了然。在清寒病苦的日子里，乌纱帽所代表的就再也不能是繁华富贵了，它毋宁是熄灭的功名热望。贾岛是很难在实际的人生舞台上，再戴上乌纱帽去扮演企望中的自己了。纵然有机会，也少得可怜，而角色也卑微得叫自己不忍。所以，他就说：唐兄，没想到我的乌纱帽还可以用来迎送你呢！

我们想，唐温琪一定很了解贾岛的心，贾岛也一定知道唐温琪很知他。而朋友，不就贵在一点相知、一点相惜吗？它总能在人们心灵的冻原上，孕燃一朵春光。

寻隐者不遇

松下问童子，言师采药去。

只在此山中，云深不知处。

三月晦日赠刘评事

三月正当三十日，风光别我苦吟身。

共君今夜不须睡，未到晓钟犹是春。

忆江上吴处士

闽国扬帆去，蟾蜍缺复圆，

秋风吹渭水，落叶满长安。

此地际会夕，当时雷雨寒。

兰桡殊未返，消息海云端。

张祜

（中唐时人）

和孟郊、贾岛一样，张祜也是个任情率真的苦吟诗人。有关他的生平事，我们知道的很少。他的字叫承吉，是清河（今河北巨鹿附近）人。穆宗长庆年间，有些达贵的人曾经上表推荐他，他根本不放在心上。也曾在诸侯王府做过事，总是跟人家合不来。后来，他就自己求去，跑到丹阳曲阿去隐居起来，一直到逝世。

他的诗作以宫怨见长，也因此得名。其中最著名的便是《何满子》《赠内人》和《集灵台》三首，常在精巧细致的表层下，隐含着深沉的悲酸和讽谏之音。他的七绝《题金陵渡》，写旅次异地的乡愁，极尽苍茫凄美之感，是一首难得的杰作。

【作品】

题金陵渡

金陵津渡小山楼，一宿行人自可愁。

潮落夜江斜月里，两三星火是瓜洲。

【语译】

金陵津渡（可能指今江苏镇江之西津渡）有一座小山楼，羁旅作客的行人要是有机会在这儿住上一夜，一定会满怀惆怅。

当夜晚来临，潮水慢慢退落了，江水里浮映起一弯残月。远处闪烁着三三两两的灯火，我心里想：该是对面的瓜洲城吧？

【赏析】

这首融乡愁于旅情的《题金陵渡》，虽没有激昂的怨悱，却铺满了淡淡的哀愁。

首句点明诗人所处的地点，是在繁华缛丽的金陵渡江的小楼上，眼前宜人的景致不但没有让他产生怡乐之情，相反的，却惹起诗人"虽信美而非吾土兮"的恋乡情怀，这股乡愁缘着一夜的羁宿而拓展开来。"愁"字用得直接、厚重，像一个镜头的焦点，凝聚了所有的感情气氛，复从此散发出千丝万缕、缠绵不绝的愁绪。

接下来的两句，更融合了空间与时间的苍茫感。异地的旅次使诗人愁肠百结，由于惆怅而彻夜难眠，更由于不寐而极目四望。望的结果，徒然加深身处他乡的自觉，这份自觉使诗人敏感于周遭的情境——白天里满涨的潮水已然退去，深夜的长江笼罩在一片静谧里，只见一弯斜月默默挂在天涯。"潮落""夜江"，"斜月"构成一幅凄迷的画面，为什么会这样呢？当然是透过了诗人忧伤的心灵去感受才如此。他可能由潮水的起落想及世途的浮沉，由深夜的长江想到孤独漂泊的自己，由斜月想到自古难全的人事……诗人常常以外界景物的变化来影射自己内心情怀的波荡。

自然界里到处充满着一触即发的哲理，可不是吗？

当诗人写到"潮落夜江斜月里"时，已卷入极端沉闷的低潮。

我们试想，时间是更深夜阑，空间从他乡异地的辽远，缩小至潮落月微的长江畔，两者自然时空的穿梭交错，使得诗情落进沉重的孤绝、闭塞中。

于是，诗人试图突越这一层情域的困境，他终于在无尽的黑暗里，瞥见了微弱的点点火光：

两三星火是瓜洲

猛然间，他为自己捕捉了一线希望，虽然不过像三三两两的星火，如果在明月如霜、繁星似网的时分，这两三星火只是微乎其微的陪衬罢了。可是，此际，这寥落凄清的星火，却成为诗人从内在视界望向外在宇宙的重心——它代表了忧伤孤独中燃起的希望，虽然清幽渺小，却导引诗人的情思，奔向眼前的一处目标——瓜洲，这个目标因着两三星火的衬映，而告明确的肯定。

我们注意到，诗人不写"两三星火似瓜洲"，而用了一个肯定的字眼"是"，用意不难想象，因为如果用了"似"字，那么，整首诗就仍然停滞在浓厚的感伤气氛中，从开始到结束，没有造成什么奇突之感，只像一股汩汩不停的愁流，撼人的力量就比较小；反之，他用了"是"字，则不仅使诗景透过细腻的转接（两三星火）呈现出迥然不同的跃升力量，似乎也暗示着他对未来人生肯定的悟识吧？我们不妨认为张祜这首作品隐含着某种超拔的精神，尽管，它或许在诗人的心路历程里只如昙花之一现。我们再拿他的另一首《胡渭州》来对照看看：

亭亭孤月照行舟，寂寂长江万里流。

乡国不知何处是？云山漫漫使人愁。

就可以发现两首诗作的心态不尽相同，同样写乡愁旅思，《题金陵渡》显然比《胡渭州》来得深致宛曲多了。

张祜在现实人生中不甚得意，但在诗的天地里，他确实是不容忽视的。才情兼具的杜牧曾经这样夸过他：

睫在眼前人不见，道超身后更何求？

谁人得似张公子，千首诗轻万户侯。

这也许是人间另一种角度的评价。诚然，古往今来又有几个宦场得意的绝代诗才？

【附录】

何满子

故国三千里，深宫二十年。

一声何满子，双泪落君前。

集灵台 其一

虢国夫人承主恩，平明骑马入宫门。

却嫌脂粉污颜色，淡扫蛾眉朝至尊。

李贺

（791—817）

　　像幽深的苍穹里，一道突然闪落的光弧——李贺，他在中唐诗坛上的崛起与殒逝，就是这样的充满了悲剧性的美。注意到这颗"流星"的人们，深深为他诡奇、寒艳的光芒所惊动；没有注意到他的，将永远无法走进一个有别于人间表象的苍深、凄楚的心灵世界。

　　李贺字长吉，是河南洛阳昌谷人。生于唐德宗贞元七年，死在唐宪宗元和十二年。算算，他也经历了生命里二十七回的春天，可是，从他留下来的二百多首诗歌来看，好像春天也化成了冬天……早熟、悲观，加上不偶的时运，终于使他匆匆结束生命之旅，奔赴其所魂牵梦萦的永恒之域。

　　李贺相当狂热于诗歌的创作，他常常大清早骑着一匹瘦驴出门，旁边跟着一名小书童，背着一只"古锦囊"，随时随地构思，一有佳句，立刻写下来投入囊中。回家后，就把锦囊内的诗句倒出来，再加缀理，就成了一首诗。最疼惜他的母亲说他写诗，就好像非要把心血呕出来不可。

　　不过，这样充满才情及创作欲的诗人，并没能为自己的前途开辟出什么路径来，反倒是挫折连连，功名的加上身心的，逼得他把年轻的自己放逐到一片阴森、哀惨的想象世界里去，也因而造就了他那迥异于其他诗人的奇特风格。李白被称为"诗仙"，杜甫被称为"诗圣（史）"、王维是"诗佛（禅）"，那么，被一般人认为是鬼才的李贺呢？大概只能称之为"诗鬼"了。——他们之间虽然各有千秋，同为诗杰则是不易之论。因为，在艺术的领域里，不管是仙、是圣、是佛、是禅或是鬼，总是不属于俗世凡夫的"人"啊！

【作品】

感讽 五首之三

南山何其悲！鬼雨洒空草。

长安夜半秋，风前几人老？

低迷黄昏径，袅袅青栎道。

月午树无影，一山惟白晓。

漆炬迎新人，幽圹萤扰扰。

【语译】

南山看起来多么黯惨啊！飘忽的鬼雨扑洒着凋残将尽的草野。

长安城里遍地秋风，更深夜半的时候，将有多少人老尽他们的年华，走向生命的终点呢？

暮色昏黄中，一缕缕的幽魂低回其间，恍惚的夜风摇撼着路旁的青栎，树叶发出一阵阵的哀吟。

月光慢慢从树顶直泻下来，原先铺展在地上的树影，都直立起来与树身合而为一了。晚秋的荒郊旷野在月光下默默闪着一片阴森森的白。

坟场间闪动着一幢幢的鬼火，大概是在欢迎新来的鬼魂吧？原来深幽的旷野里并不如想象中的死寂，竟也熙来攘往地自成一个纷扰的世界。

【赏析】

一颗愁郁沉怆的心灵，是很难感受到人间五彩缤纷的华丽的。即使从初生婴儿灿亮的微笑里，他亦可以窥见死亡的阴影游移其间。即使身历荣兴之境，他亦不免预感曲终人散的衰落与哀伤。

李贺，好像天生来就为承担这一份人类共有的悲苦似的，透过他曲奥幽深的心眼所望见的人生，竟然是生死牵接、兴衰接替、现实与梦幻界限不清的森寒境像。我们很难想象这么年轻的躯体，竟负载了如许悲观悒郁的心神，二十七岁的人生究竟能使他从缘生察死、见盛观衰的过程里，品悟出什么来呢？他也毕竟是跨过去了，也许他到达"彼岸"后另有会心，但在这纷扰的尘世里，他曾为自己生命煎熬的痛苦，以文字作了不朽的见证，或者也给了许许多多陷落苦闷中而挣拔不出的年轻的心灵，一面照现自我的镜子吧。

这首诗表面上看起来是描写荒山坟野的雨夜景象，最特殊的地方是作者出生入死的"全知"观点的运用。由于对人世种种的拘意执情，才使得他那么在乎大部分人都不在乎的身后冥界，他愈在意，便愈发挥自己丰沛的想象力来构筑这样的一个阴惨世界，来映衬自己现实今生的失意和格格不入俗情的冷僻。

南山何其悲！鬼雨洒空草。

诗人遥望一般人心目中的"终南捷径"——南山，所引发的联想，既不是富贵的远景，也不是隐士的清幽，反倒是繁华事散的烟尘，人生尾站的冥域。南山的"悲"当然是出自诗人悲情的观照，南山想也曾经绿草如茵、碧树参天，但是诗人眼看它如今萧瑟的表象，再也兴不起它往日鲜活的印象了。那么，这兀自哭个不休的雨像什么呢？——"鬼雨"。那样无可慰勉的哀伤的雨，那样恍如隔断今生与来世的雨，跟诗人完全落入孤绝、凄绝的心情打成一片了。

长安夜半秋，风前几人老？

长安，这个冠盖云集、歌舞鼎沸之地，似乎是人生永无休止的竞争场所，当夜半的秋风凄凄吹起时，可知道有多少人心满意足地告别人生？多少人含恨以终？多少人不愿走也得走？又有多少尚未圆熟即已凋谢的青涩生命？在风雨的磨折下逐渐老去的生命，终究要剪断人间所有的依恋，投赴另一个天地去的。不管诗人是作为一名生命结束后的旁观者，或是设想自己告别肉体后，精神飘荡游离的状态，他所感受到的四周的氛围是这样的：

低迷黄昏径，袅袅青栎道。

暮色昏黄里，送葬的人再悲戚、再流连，也必得回归生命活

269

动的人间去，继续走自己未走完的路，他们的心情可想而知是极尽低回与苍茫的。此时，漫天风起，吹动道旁枯索的青枥树，怎不叫人觉得生死两隔那无可言喻的伤感呢？如果死者能把这一切看在不灭的魂灵深处，他该又是多么的怆痛——生与死之间的鸿沟看上去是那么轻易就跨过去了，却再也没有人有能力跨回来。也许，死者是彻底的无知了、解脱了，留下许多他们扛不起来或未扛完的责任给活着的人……可是，这一切谁又寻得出答案呢？唯一我们能千真万确肯定的，那就是不管你的一生是血泪交迸也好，是富贵温馨也罢，甚或是平淡得像一阵不起眼的风，最后，都无可避免地要踏上这千古同一的"低迷黄昏径，袅袅青枥道"。

好了，在这儿已然分道扬镳，可是，我们的诗人却彷徨不能去。人间的世界对他而言，已经没有所谓的温暖、光明、希望，如果他回去了，充其量也是一副尚能行起坐卧的躯壳而已，残破的精神再也受不起世态炎凉的摧损，内在生命的火种已被现实的雪泥埋熄了。那么，留下来吧，留在这荒郊旷野，看看这被活着的人类所遗忘的黯曲无声息的天地吧：

月午树无影，一山惟白晓。

静极了，当月亮移到中天时，漫山遍野只有如霜的月光，树影都站起来紧贴着树身，疏落的衰草泛出一片阴森冷漠的白，一种破晓前沉寂凄清的白。诗人的心如此的寒栗吗？要不然怎么能写出这么叫人震颤的氛围？他似乎不仅仅把自己凝立成一尊冰冷的石像而已，他竟然脱卸了自己的皮相，竟然舍却了血和肉，竟然只要存着自己单薄如烟的灵魂，所以，他现在没有俗躯的挂碍了，像恍洋悠忽的庄子，瞥见一幕新奇的景象劈面而来：

漆炬迎新人，幽圹萤扰扰。

此起彼落的鬼火，热络地来迎接新来的客人，一下子原本幽暗的坟场竟突然熙熙攘攘起来，所有的前尘往事重新被提起、被温习、被诅咒、被惋叹……只有一个话题不必担心恐惧，也无须被再提起的，那就是："死亡"。

李贺的想象力太曲奥、太丰沛了，散发出飘忽、阴晦的魅力来。当然，从诗的题目"感讽"来看，我们不难知道诗人透过高度的想象与敏锐的触须，他所要讽弄的，其实是鬼界的对立面——人界。他一再描绘的"死亡"情境，也许是在提醒纵情食色、拘意名利的芸芸众生，不妨偶尔把襟怀敞开一下，望一望人生尽头处的悲哀，想到"人生虽多途，趋死唯一轨"时，也就不必太斤斤然于得失成败了。尽量坦荡荡地把人生之旅走完，大概不失为迎接死亡最好的人生态度吧。

不过，也可能是李贺个人对"死亡"怀着极大的困扰，而"鬼"就成了他心灵世界最常登场的角色了。他的内心深处蛰伏着太多太重的伤愁，他是一个命定快乐不起来的人。别的诗人尽管多愁善感，尽管忧国伤民，但总还能感受到春天的花香、秋末的丰熟，甚至在冬雪中想望春天，但是，李贺呢？所有的外物似乎都摇撼不了他性格中根深蒂固的悲郁，他不仅用文字，甚且用血、用泪、用生命去诠释整个人生的内里。不论他所析释出来的究竟是什么，他那无与伦比的创作狂热，以及那冷睿、犀锐的灵思，是深深悸动所有略具悲观素质的心灵的。

【附录】

秋来

桐风惊心壮士苦，衰灯络纬啼寒素。

谁看青简一编书，不遣花虫粉空蠹。

思牵今夜肠应直，雨冷香魂吊书客。

秋坟鬼唱鲍家诗，恨血千年土中碧。

杜牧

（803—852）

杜牧，字牧之，是京兆万年（今陕西西安市长安区）人，生于唐德宗贞元十九年，卒于唐宣宗大中六年，是晚唐数一数二的大诗人。

他的家世很不错，祖父是曾经编撰《通典》的名相杜佑。这样的环境当然使杜牧怀抱满腔问政的热忱，他其实也很用心充实自己军政财赋各方面的才能，可是，或许由于当时藩镇跋扈，朝廷正值多事之秋，或许由于他天生浪漫多情的性格，杜牧始终没有达到自我期许的远大目标。

杜牧的宦海浮沉与他的豪宕不羁及到处留情的行径多少是互为因果的。他长得俊秀，为人又倜傥风流，总有太多的艳事跟随着他。有一首脍炙人口的《遣怀》：

落魄江湖载酒行，楚腰纤细掌中轻。
十年一觉扬州梦，赢得青楼薄幸名。

正是他在繁华的扬州，纵情诗酒、留恋女色的写照。

后来，他当了监察御史，以"敢论列大事，指陈病利"而见称于时。曾外放为黄州、池州、睦州、湖州的刺史，最后死在中书舍人的任上，才五十岁。

他做池州刺史时，曾访湖州，遇见一位十几岁的美丽少女，心里极爱，便和她的母亲约定，十年后再来迎娶，并且预付聘礼。可是这一去，却隔了十四年，杜牧才到湖州当刺史，那位可人的少女以为他食言爽约，早已出嫁生子了。杜牧满怀惆怅之余，吟就一首流诵古今的《叹花》七绝：

自恨寻芳到已迟，往年曾见未开时。
如今风摆花狼藉，绿叶成荫子满枝。

这位浪情的才子，处在那种日薄西山的朝代里，仍有极沉痛的悲慨，他那首《泊秦淮》真是触动了太多太多苦闷时局下悲怆的心灵。他与李商隐同为晚唐唯美诗风的大家，但他并不蓄意堆砌丽词华句，不因袭古人，不囿于时尚，透过高度的艺术技巧，表现出清华绮秀的风貌，而自成一家。他擅长七言律绝，七律酷似杜甫晚年的诗风，所以，世称"小杜"。

【作品】

赤壁

折戟沉沙铁未销，自将磨洗认前朝。
东风不与周郎便，铜雀春深锁二乔。

有一根折断的戟沉埋在沙底下，现在碰巧挖掘出来了，虽然年代久远，但由于是铁铸的，所以没有销毁。我把它拿来磨洗一番，才认出原来是前朝的兵器。

想当年吴蜀联军火烧赤壁，大破曹操八十万大军，真是何等功业！要不是借得东风，使周瑜（郎）因势乘便，恐怕东吴那两位叫大乔、小乔的绝世美人，都会被曹操掳了去，把她们的青春容色深锁在铜雀台里呢！

【赏析】

这是一首咏史诗。主要是以三国时魏军被吴、蜀联军打败在赤壁的史实为背景，虽然主题严肃，但杜牧却以相当富于趣味性的手笔来抒述。原本充满悲感的一页史迹，经由"二乔"风情的点染，遂使整首诗活泼灵动起来，令人陶情于其幽默讽弄之余，不觉猛识世变兴衰的伤感。

第一、二句是借着诗人一偶逢的经验而起兴。一支折断的戟沉埋在沙中，诗人不意间得到它，上面斑驳的铁锈触动他的古思。这古老的兵器，经由诗人殷勤的磨洗，才恍然认出是六百年前的三国遗物。"戟"本是坚利的，它的折断该是历经了极惨烈的战况，如今成了这段沧桑史实的见证者。多少的英雄豪杰、王侯将相，都已被浪沙淘尽，沉寂黄泉，而眼前这锈蚀仍存在的物证，却兀自诉说着那段由壮烈终趋荒凉的往事。从古到今，几回的风云际会，多少番人事的兴衰，末了终究沉淀在历史的扉页里，暗淡着往昔的光华与苍茫——而历史所没有留下来的总比留下来的多得多，大部分的生命轨迹都被吞蚀进无声复无垠的宇宙中。

我们知道，杜牧处在藩镇跋扈、国运式微的晚唐，以他敏锐的触须，所探测得到的即是触目惊心的情势，他仿佛从一再不停翻演的历史模塑里，感受到晚唐气息奄奄的命脉，他有连天战火即将再起的忧虑。当他面临着可预知的时代转捩点，却无能为力扭转它时，内心的悲怆是极深极重的。这样的哀愤只好诉诸感情的假想，一如我们常常说的，如果拿破仑不进攻俄国，历史即将改写——但是，我们都相当了解，历史是无法改写的，除非是窜改，即使是窜改，真相也有大白的一天。

诗人把这样无可奈何的心情投射到历史的假想上去，借苍古的酒杯，浇当下的块垒：

东风不与周郎便，铜雀春深锁二乔。

正曲折地暗示了他想要改变而无能改变，极欲展翅而无从展翅的大痛苦。

据《三国演义》说，曹操曾向手下的将领们诉说他的愿望：

吾今年五十四岁矣，如得江南，窃有所喜。昔日乔公与吾至契，吾知其二女皆有国色，后不料为孙策、周瑜所娶。吾今新构铜雀台于漳水之上，如得江南，当娶二乔，置之台上，以娱暮年。吾愿足矣！

没有让曹操满足心愿的阻碍，表面上看来是历史性的赤壁之战，如果再逼近一点说，那么，周瑜没有东风是成不了这次的胜利的，"东风"在此似乎成了决定性的要因了。而"东风"就某种意义言，岂不就是天意的化身？——是的，诗人那样迂回地道出他的史观：出师未捷身先死的遗恨，叱咤风云不可一世的得意，背后可都操持于一只命运的巨掌啊！

所以，诗人嘲弄了周瑜这位英雄：要是你得不到东风（天意），那么东吴必亡无疑，而大乔、小乔这两个姿容绝代的丽人，也将为曹操劫去，深锁在他铜雀台的深宫中了。事实上，诗人的嘲弄不止于此，周瑜也罢、曹操也罢，你们的风流、你们的雄姿，不是都被雨打风吹去了吗？人类的过去，确是如烟如尘了；然而，就某个角度来观照，它却又是血泪斑斑、亘古常在的。当诗人抚着眼前铸铁未销的"折戟"，当我们巡礼于古代的文物时，不都同样升起一股苍凉的悲感吗？所有人类往昔的血泪，早已化成旷古的沉默，而它的沉默却常常是让人深思内省的。

我们绕了一个大圈子来了解这首诗的心灵所在，就会觉得诗人的嘲弄是善意而悲凉的。

【作品】

泊秦淮

烟笼寒水月笼沙，夜泊秦淮近酒家。

商女不知亡国恨，隔江犹唱《后庭花》。

【语译】

烟雾弥漫在寒冷的江水上，月光铺满了岸边的沙滩。今夜，我把船停泊在秦淮河畔，和许多不夜的酒家相邻着。

隔着辽阔的江水，不断传来一阵阵嬉闹的声音，仔细一听，原来是一些不知亡国恨的歌女们，正在唱着《玉树后庭花》之类的靡靡之音。

（按：《玉树后庭花》本是陈后主所作的歌曲名，因为他以荒淫亡国，所以后世就以它代称靡靡之乐、亡国之音。）

【赏析】

这首诗极富时代意识，在浪漫绮丽的表壳底下，含蕴着一股忧国伤时的悲感。生性狂荡不羁，多才复多情的杜牧，在他多彩多姿的灵欲生涯里，不知翻腾了多少云雨韵事，我们仿佛感受到他的托足青楼、流连酒色，其实是一种最清醒的沉迷。正因为如此，当他把敏感的触须朝周遭的环境伸展出去的时候，他就碰触了最美丽也最污浊、最快乐也最痛苦的生命质素，而《泊秦淮》一诗，就是忏情之后的明智识照。他能够那样彻底的冷眼旁观，正由于他曾经那样彻底的狂热投入。

"烟笼寒水月笼沙"写出眼前如梦似真的景致，也许暗示人生的恍惚迷离，也许影射晚唐陵替的国运。在这样烟波浩渺、月意如霜的夜里，诗人的思潮起伏汹涌，难以成眠。于是他索性借泛舟来放逐久困愁城的自己。以往使他陶情沉缅的酒家，已然近在咫尺，此刻，诗人不但没有投赴的冲动，反而从麻木的边缘醒转过来。他清冷地看着一些没有灵魂、没有意识的肉身，正在喧哗的酒肆中焚毁自己，感官的娱享已经取代了国运式微的惊心。虽然"夜泊秦淮近酒家"，其实，诗人的心神再也不能纵入其间了。

满心亡国忧惶的诗人，正渴求觉醒的心灵与他共鸣，然而，目之所见竟然是无数不夜的酒家，耳之所闻竟然是一片毁人心志的靡靡之音——"商女不知亡国恨，隔江犹唱后庭花"，表面上，他惋叹之不足，继之以谴责的对象是不知亡国悲苦的歌女，事实上，她们只是一个直接的媒体，透过对她们无知无识、浮浅鄙陋的指摘，诗人真正要唤醒的是有知有感却故意沉沦于纸醉金迷中的知识分子。

"不知"很深重地刻描了商女，却也隐喻许多不关心国家前途、唯名利是瞻的人的心态。从这样曲回、幽微的控诉里，我们可以多少体会到诗人那份焦急、无奈的忧时情怀。曾经纵情于歌楼酒肆的诗人，从自己的亲身体验中，或许想要做一名力挽狂澜的勇者，而在他一叶知秋的敏锐识照下，似乎同时也洞见了"知其不可而为之"的困难。他也许宽容了无知无感的俗众，但是，我们知道，不论在任何的时空背景底下，那些比别人多一分能力、多一分才华的人，是该永远责无旁贷地把自己生命的火花引燃，来照亮崎岖的人类道路的。

【附录】

登乐游原

长空澹澹孤鸟没，万古销沉向此中。

看取汉家何事业？五陵无树起秋风。

题宣州开元寺水阁阁下宛溪夹溪居人

六朝文物草连空，天淡云闲今古同。

鸟去鸟来山色里，人歌人哭水声中。

深秋帘幕千家雨，落日楼台一笛风。

惆怅无因见范蠡，参差烟树五湖东。

江南春

千里莺啼绿映红，水村山郭酒旗风。

南朝四百八十寺，多少楼台烟雨中？

李商隐

（812—856）

　　喜欢中国古典诗歌的人，没有一个不喜欢李商隐的。他那忽明忽暗的政治生涯和凄艳幽渺的爱情世界，使他的诗歌散发出任何诗人都难以企及的谜般色彩、花般幽香、梦般意境来。

　　李商隐，字义山，生于唐宪宗元和七年，卒于宣宗大中十二年。他是河南怀州河内（今河南沁阳附近）人，长在一个已经没落了的贵族家庭，环境的艰困，使他立志苦读，想要重振家道。

　　十八岁那年，他受到镇守河阳的令狐楚的赏爱，提携他和自己的孩子交游。后来，朝廷发生"甘露之变"，这场政争极度震惊了这位时代意识很强烈的年轻人，他因此写下许多抨击宦官和藩镇割据的诗篇，力图唤醒沉睡中的众人。

　　他还曾经跑到河南济源的玉阳山、王屋山隐居学道。求仙学道在当时是一种风尚，李商隐倒是由此深悟它的荒诞虚妄。据说这段时间，他和一名女道士叫作宋华阳的，陷入极缠绵的热恋，爱情的苦闷与狂痴，透过宗教氛围的烘衬，使他这方面的诗歌，带上凄美、缥缈的特质，不得不让深情的人读了神授魂与。

　　受了令狐楚的儿子令狐绹的荐举，李商隐方才登上进士第，踏上并不显要的仕途。第二年，他二十七岁，娶了令狐楚的政敌王茂元的女儿。这件事使令狐绹大为震怒，以为他有意攀附李党，而谴责他忘恩负义，甚至公然加以排挤。本性耿直、不善逢迎的诗人，偏偏落进牛李党争的夹缝中。政治纷争的黑暗面彻底打击了他匡国救民的夙志，他曾经好几次写信作诗，想请求已经当了宰相的令狐绹的谅解，最后，才补他为一名太学博士。可惜为时甚短，不多久，他又失业了。

不断的失业与妻子的亡故极大地刺激了李商隐，他这期间的作品，苍凉沉郁极了，带着浓厚的悲观阴惨的色调。不管是对政治、对爱，乃至于对生命，他都觉得有那样无可挽回的无力感。如果颓废悲凉就某层面而言，也是一种艺术美的话，那么，李商隐的确是达到了它的巅峰。

最后，他从东川柳仲郢的幕下罢官回乡，不久，受着凄伤苦闷咬啮的诗人，就带着一生中所有的美丽和哀愁，告别了这个"才命两相妨"的人间。他的生命结束在四十七岁，似乎留下了一大段没有走完的路。

李商隐的诗细密工丽，颇有杜甫的风格，有人还说他受到韩愈、李贺的影响。他的写作工于比兴，妙于象征，充满了灵动的想象力。他的诗旨往往寄托深微，多寓忠愤之情，喜欢借典故丰富诗歌的内涵，通过暗示唤起读者的联想，所以他的诗有时很难懂，这个既是缺点也是优点。金元好问《论诗绝句三十首》说得好：

望帝春心托杜鹃，佳人锦瑟怨华年。
诗家总爱西昆好，独恨无人作郑笺。

是的，李商隐诗歌的世界，就好比我们午夜梦回时所感受的一种迷离恍惚的意境，即使很美，却是令人伤感的，即使很真实，却是让人难以把捉的。

他的作品收在《李义山集》中。

【作品】

贾生

宣室求贤访逐臣，贾生才调更无伦。

可怜夜半虚前席，不问苍生问鬼神。

【语译】

汉文帝曾经在未央宫前殿的正室，访求贤士，征询被流放的臣子。在这些逐臣当中，以贾谊的才气最为纵横，没有人能同他相比。

最最让人惋惜的是：汉文帝虽然跟贾谊谈到半夜三更，甚至听得入了神，不断往前挪动座位，却绝口不提芸芸苍生的事，反而兴致勃勃地询问鬼神的来源。

【赏析】

这首诗一眼看过去，就可以知道是作者在抒发"怀才不遇"的感触。他显然是拿贾谊来自喻，不过，他不同于其他诗人的地方，是他不光自慨才高命蹇而已，焦点虽然由此出发，却扩及于更大、更深、更远的层面。

贾谊是西汉时一位年轻而有绝顶才华的政论家，他的《过秦论》《治安策》充分表现了他卓越的识见，以及关怀民生的情怀。许是树大招风吧？许多朝廷的元老大臣不遗余力地纷纷打击这名新秀的出头，文帝不得已贬他为长沙王太傅。过了四年，文帝很想念他，就又征召他回京，约他在宣室里讨论问题。李商隐这首诗的前两句深刻地阐述了贾生受知于文帝的事实，当然，一个人要被赏识，最基本的，莫过于本身过人的才华。就贾谊的立场，他对自己确有这样的认知，更对文帝有极大的期许，期许给他一个充分贡献才能的机会——一如诗人内心充满了淑世的热忱一般，可是，就算文帝了解、喜爱贾谊的才能，他是否愿意撇开"以弄臣视之"的角度，对他极力的信任擢用呢？他的知贾谊，究竟要知到什么程度？更重要的，皇帝最重视、最关心的问题与最需要批评意见的地方又在哪里？

结果是，汉文帝虽然虚心讨教，虽然凝神谛听，虽然看起来似乎很尊重很爱惜贾谊，然而他最有兴趣的却是"鬼神"谬渺之谜，对于形而上抽象界的骋思神游。贾谊以渊博的学问、深邃的思想，满足了皇帝的要求。同时，他的内心则在绝望的痛苦中翻滚着：为什么不问问我百姓们的苦处在哪儿？他们真正想望的是什么？——很简单，统治者不关心这个啊！那么，所谓"求贤爱才"的真义又何在？

也许，有人读完整首诗的时候，以为贾谊的痛苦就是李商隐的痛苦，感叹贾生就是悲慨诗人自己。如果我们晓得晚唐的皇帝们多爱服药求仙，一个比一个更漠视民间的疾苦，一个比一个更摧残真正的贤才，比起西汉文帝实有过之而无不及的话，那么我们才算真的了解李商隐的悲怆哀凉，才算彻底读出了这首诗的内里。因为诗人的苦已经超越他个人的挫伤，走入哀哀无告的生民中了。

【作品】

嫦娥

云母屏风烛影深，长河渐落晓星沉。

嫦娥应悔偷灵药，碧海青天夜夜心。

【语译】

昏黄的烛影投映在云母镶成的屏风上，使房间里显得幽深而静寂。闪烁的天河渐渐斜移到天边，曙色微明中，一颗颗的星子也慢慢隐没了。

嫦娥啊，你该会后悔当年从后羿那儿偷走了不死的灵药吧？如今，你独守月宫，空对着无涯碧海一般的青天，一夜又一夜，咀嚼那永无止尽的凄清寂寞。

【赏析】

"嫦娥奔月"的神话故事极通俗易解，李商隐这首诗表面上看来，似乎在描写嫦娥置身的环境，并幻想嫦娥的心理变化。神话，就文学的素材而言，往往只是一个象征的外壳，一个不具备内容的符号，它的内容可由作者的意念所驱加以丰实。在这首诗中，诗人将他的思想、意念与情感，注入此一神话外壳，使诗的蕴涵繁复丰美、意义暧昧多重。我们先看前两句：

云母屏风烛影深，长河渐落晓星沉。

由透明晶体的云母镶嵌成的屏风玲珑精美，昏黄摇曳的烛光复把诗人孤单的影子投映其上，形成一幅极沉静的画面。而"深"字，更加强此景象的幽暗与持久。就文字表层而言，并未明确指出其中的主角是谁，所以，它可以被认为是在描述嫦娥的当时环境、时间、地点；也可以说是深宵不寐的诗人，独坐面对一朵残烛时，沉陷回忆的深渊中，所突起的有关自己、有关嫦娥以及其他的遐思，而这样的思维活动，竟持续了一整夜，直到长河渐落晓星沉。

在时间与思维的长河中浮游的诗人，不禁联想起那美丽的嫦娥，更幻想嫦娥千百年后的处境与心情：

嫦娥应悔偷灵药，碧海青天夜夜心。

这时，由于诗人感情的转化挪移，遂使内在的"诗人"与"嫦娥"融为一体，密不可分。所以，"嫦娥应悔偷灵药"带有诗人极强烈的主观意识，是感情化了的内心独白。"偷灵药"表面上像是写嫦娥成仙的欲念：这欲念是经过她花了极大的气力，绞尽脑汁、付诸行动之后方才完成的。可是，当我们深入一层去看时，它又象征着诗人高举远慕的理想之追求。"应悔"两字，出于真挚，表现沉痛深厚的情感，是诗人移情作用的结果。

"碧海青天夜夜心"总写嫦娥寂寞悲苦的心境。她固然得到灵药，奔赴长生不死的仙界，但最后却成了时间的俘虏，永远要面对碧海一般浩渺的青天，夜夜去熬受无尽的凄清寂寞。

如果我们愿意把"嫦娥"与不死的"灵药"当成人与事物的一种象征，那么，"灵药"正是一般人所追求的，也是诗人所向往的对象，它已成为理想的化身；而"嫦娥"则是理想的追求者之象征。李商隐也许有这样的认识：当一个人追求到他一向所谓的"理想"之后，换得的往往是无涯的空虚和寂寞，一如嫦娥的偷取灵药，最后的收获是去忍受碧海青天夜夜心的永恒孤寂。不是吗？急于攀登人生顶峰而无暇深思自省的人，常常在抵达巅峰时，方才四顾茫茫，深感愀怆苍凉。

李商隐的《嫦娥》一诗，引起纷纷臆测，有人以为是悼亡之作（因为天人永隔），有人以为是追忆昔日与宋华阳姊妹的恋情（因为情海难填），有人认为是他"依违党局，放利偷合"的追悔，也有人以为是他"自比有才调，翻致流落不偶也"的伤情之作。在这儿一并提出来，供大家参考。

【作品】

夜雨寄北

君问归期未有期，巴山夜雨涨秋池。
何当共剪西窗烛，却话巴山夜雨时。

【语译】

如果你要问我，什么时候才能回来？我只能告诉你，归期是无法确定的。今晚巴山（四川附近）一带下起淅淅沥沥的雨，该会涨满了屋前的池塘吧？

几时才能跟你共坐在西窗下剪烛谈心，细细同你说我在巴山听雨的情怀呢？

【赏析】

有人说，这首诗是李商隐在四川时寄给一个北方的好朋友，又有人认为是写给他在河内的妻子的。在李义山的集子里头，有不少寄给他妻子的作品，虽然没有明确的标题，但那种语浅意浓的情思却是一致的。由于各人会心之处不尽相同，所以，后来有些人就拿"西窗剪烛"当成思念朋友的成语。

字词的重复使用是本诗的特色之一，一处是"期"，另一处是"巴山夜雨"。翻叠的字和词，往往能把许多正反明暗的意思浓缩其中，有时使情感交错回环，层层相生，造成语意密重的效果，表现特殊的诗味，令人低回不已。我们先看第一句：

君问归期未有期

如果由诗人直截了当说出"归期未卜"的话，那就是散文而不是诗了。这里，先设想对方急于获知自己归期的问话，显示彼此相知相念之深，而后，再由自己来回答（"换我心，为你心，始知相忆深！"可不是吗）。当然，从这样相知的基点出发，"归期"即成了双方意愿的共同目标，可是横搁在眼前的事实，却不仅和妻或友人的意愿相反，更和诗人自我渴盼的情感相冲突。外在环境的力量由这样的对立扞格，愈加显其庞大突出了。

诗人处于心灵逼压的困境下，便借着秋天夜雨的氛围，来烘

288

托自己寥落的情怀：

> 巴山夜雨涨秋池

　　此际，巴山的夜雨正自淅沥不已，暮秋的池塘达到饱和——这很可能只是诗人的设想，但他之所以如此设想，一方面是来自听觉、视觉的经验（雨声），主要的或许缘于他愁思不断暴涨的心情。此处的"涨"字，语意双关，音感浓稠，正是以具象的外景"雨涨"来映衬诗人内心的"愁涨"。深夜的雨要下到"涨秋池"的程度，势必持续相当久的一段时间，而雨丝的持续不断，岂不也象征了诗人缠绵无尽的情思吗？

　　第三、四句，是诗人在现实世界里企图作一想象的慰藉：

> 何当共剪西窗烛，却话巴山夜雨时。

　　诗人身处极悲极愁的情态下，有意设想最欢悦的事，来提拯自己和对方深沉的哀感，一如杜甫的"何时倚虚幌，双照泪痕干"，透过诗人主观想象的重塑，即使和当下现实的常情常理不符，然而，却因两者之间的差距，使得诗情更加的曲回迷恍起来。

　　"巴山夜雨"两处的重复极为突越，第二句的巴山夜雨写的是当前的实景，指诗人正被其包含吞融的自然境；第四句的巴山夜雨，完全变实写为虚写了，它满含对未来重逢的期许之情，呈示了诗人想象痛苦的现在已然成为过去的喜乐：他要剪烛西窗，与故人深夜中娓娓轻谈，细诉别离时的点点滴滴，还有以前在巴山听夜雨的孤独凄清——似乎，对未来的想象愈是美好，也就愈反衬出诗人今夜的苦痛更深重，有时候我们不也这样吗？在极繁重的困境里，偶尔遐思一下挣脱后的轻松愉快，但，我们却很知道，假象的喜悦之后，更大的压力即将让我们去面临。

"何当"是两种矛盾情感之间的桥梁，它虽然提供了重逢的可能性，却也有意无意减轻了这份喜悦，甚至于作一种很委婉的怀疑——"哪"一天呢？原先从痛苦中设想出来的欢悦，一下子又被抛入迷离难觅的浩渺云烟中——于是，到最后诗心又扣紧了千情万绪、难以言宣的"君问归期未有期"了。

然而，当诗人融合现实与想象，极致地表现自我提升的努力时，正犹如一盏雨夜里的寒烛，虽然充满凄楚，却也散发出美丽的温热来。

【作品】

锦瑟

锦瑟无端五十弦，一弦一柱思华年。

庄生晓梦迷蝴蝶，望帝春心托杜鹃。

沧海月明珠有泪，蓝田日暖玉生烟。

此情可待成追忆，只是当时已惘然。

【语译】

绮美的瑟啊，没来由地有五十根弦。我拨弄着上面的一弦一柱，忍不住想起过去似水的年华。

沉思自己如幻似真的一生，就像是庄周破晓前做的梦境，迷离恍惚，竟不知化蝶的是庄周，或化庄周的是蝴蝶？有时候，我就如同那位满怀伤感的望帝，把美好忧愁的心事，都寄托在杜鹃鸟的悲鸣中。

明月照在苍茫的大海上，传说鲛人的泪水，都化成千万颗的明珠，我深深体会到那种哀痛的心情。温暖的日光照射在蓝田上，使得温润的美玉升起淡淡的烟雾。

一切令人迷醉的往事不也如此吗？难道再深厚再细致的感情终究只能追忆吗？只是每当追忆时，总让人觉得无限迷惘，无限惆怅啊！

【赏析】

这首诗的内容很广阔，大抵上是诗人晚年回首前尘旧事的作品，当然涵括了爱情的绮丽与沉创、个人身世的悲感以及人生旅程中理想破灭的挫伤……我们可以从各个不同的角度，配合自己的感触去理解它，这首诗自然就会灵动起来。

"锦瑟无端五十弦，一弦一柱思华年"是诗人独自沉浸于音乐中的冥思。传说五十弦的瑟音悲苦异常，诗人由抚拨瑟弦而联想起自己以往虚掷的韶华。锦瑟摆在眼前没来由的五十根弦，竟像是没来由的生之旅，一曲终了，也将是人散的时刻了。

庄子《齐物论》说，有一天庄周睡着了，做梦自己化成了一只翩跹的蝴蝶，飞呀飞的，自在极了。梦醒后他却陷入深深的困惑里：到底是蝴蝶梦自己成了庄周呢？还是庄周梦自己成了蝴蝶呢？诗人借着这里头"相对怀疑"的观念，糅杂了自己生活中的真实与梦幻——可不是吗？回想起遥远的过去，如烟若雾，模糊中却带点明晰，陌生里又有着几分熟稔。会不会是我们走到生命终点的刹那，猛然发现自己在另一个世界悠然醒转？到底哪一个世界才是真实、恒久的呢？

当诗人的情思奔驰起来，它就自由穿梭于时光的隧道，甚或流连其间。于是，他想起一则古老的爱情故事，相传西蜀国的望帝曾派臣子鳖灵出外治水，他却和鳖灵美丽的妻子私通，以致内心陷入极痛楚迷乱的挣扎，终于毅然把国事托给鳖灵，自己跑到天涯海角去漂泊。当望帝离去时，到处的子规鸟（杜鹃）都哀哀鸣叫着。据说他死后，魂魄就化成杜鹃，每逢暮春，就悲啼："不如归去，不如归去。"常常啼到泣血，令人不忍卒闻。也许，诗人在情爱的波折里，也有难言的隐痛，就像望帝，经过一番怆痛的挣扎后，把那一份无以言告的黯然"春心"寄托于魂魄的执着，使精神的恋眷超越躯体、摆脱时空而奔向永恒。

不知是谁说的：在真正的泪海里浸润过的爱情，方才持久。想它的永恒该不一定指形体的相守吧？毋宁说是魂魄的相缠相绵。诗人每一想起当时为爱情所流下的清泪，就心怆神迷竟然没有办法在时间巨流的冲刷下平复过来。他联想传说中泣泪成珠的鲛人，其凄美苍凉岂不正如自己奋掷生命热力的执着？

"蓝田日暖玉生烟"，迷恍而缥缈。诗义很难确指，也许是诗人感怀青涩年代的热望和追寻，中年时候的奋斗与打击，到头来都只如烟霭之袅袅，随风飘散。即便如此，但它毕竟已在天地间刻镂下一道生命的轨迹，好比晴光俯照下的蓝田，它也会把内在含玉的温润引发出来。生命之所以能成其为生命，岂不也是透过内在活力的激发而证明吗？

诗人思想的翅膀翱翔得太累了，他已经慢慢飞入沉默的躯壳，每一回的怀想最后都是这样的尾声：

　　此情可待成追忆，只是当时已惘然。

　　天地间有不尽的四时，但人生则只有一个大回合的春、夏、秋、冬。已经处于生命尾声里的诗人，他站在遍地霜雪的严冬中，"春天"是只能在记忆的深处去追忆了。他再也望不见寒冬过后的暖春，即使回忆里出现了温馨，那也不再是当年的温馨，而是洒上一层霜雪的微弱温馨了。追忆容或带来往日的欢乐，却也能将诗人推入更幽暗的心灵深渊中。

　　最后，我们附带引一些李商隐极出色的作品给大家欣赏：

隋宫

乘兴南游不戒严，九重谁省谏书函？
春风举国裁宫锦，半作障泥半作帆。

无题

昨夜星辰昨夜风，画楼西畔桂堂东。
身无彩凤双飞翼，心有灵犀一点通。
隔座送钩春酒暖，分曹射覆蜡灯红。
嗟余听鼓应官去，走马兰台类转蓬。

无题

相见时难别亦难，东风无力百花残。

春蚕到死丝方尽，蜡炬成灰泪始干。

晓镜但愁云鬓改，夜吟应觉月光寒。

蓬山此去无多路，青鸟殷勤为探看。

无题

重帷深下莫愁堂，卧后清宵细细长。

神女生涯原是梦，小姑居处本无郎。

风波不信菱枝弱，月露谁教桂叶香？

直道相思了无益，未妨惆怅是清狂。

暮秋独游曲江

荷叶生时春恨生，荷叶枯时秋恨成。

深知身在情长在，怅望江头江水声。

登乐游原

向晚意不适，驱车登古原。

夕阳无限好，只是近黄昏。

《中国历代经典宝库》总目